„Nachts, als die Russen kamen ...“

- Zeitzeugenberichte -

Impressum

1. Auflage
Layout, Satz, Druck und buchbinderische Verarbeitung:
JUCO GmbH • www.jucogmbh.de
ISBN: 3-937027-11-4
projekte verlag 188 Halle, 2003
www.projekte-verlag.de
Preis: 11,90 Euro

„Nachts, als die Russen kamen ...“

Tatsachenberichte aus dem Kreis Landsberg/W.

gesammelt von Rudi Kuke

Dieses Buch ist als Dankeschön und Erinnerung an meine Mutter gedacht, die mich 1968, zu Beginn meiner Aufzeichnungen, wesentlich unterstützte.

Mein Dank gilt auch G. Schmöckel und R. Zäpernick, die mir ihre Aufzeichnungen zur Verfügung stellten und die Erlaubnis zur Veröffentlichung gaben.

Ich danke meiner Schwiegertochter, Susann Kuke, die mir Hinweise zur Korrektur des Geschriebenen gab.

Vorwort

Nachts, als die Russen kamen und riefen: „Frau komm“, ist noch jedem, der den Einmarsch der Russen erlebte, gegenwärtig. Tagsüber riefen oder schrieen sie überwiegend: „Uri, Uri“, und erschossen viele, wenn sie nicht ihr Ziel erreichten. Sie erschienen in den meisten Dörfern des Kreises Landsberg/ Warthe nachts. Auch in die Kreisstadt drangen sie am 30. Januar 1945 während der Dunkelheit ein ohne die Stadt in einem Zuge zu nehmen, obwohl sie kaum auf Widerstand gestoßen waren. Sie umgingen vielmehr die Stadt im Norden und stießen über die Dörfer Hohenwalde, Tornow, Massin, Neudamm nach Küstrin auf die Oder vor. Brennende Häuser, Erschießungen und Vergewaltigungen kennzeichneten ihren Vormarsch. Noch schlimmer und furchtbarer führten sich die Truppenteile auf, die danach kamen. Es ist unvorstellbar, was die verbliebene Bevölkerung über sich ergehen lassen musste. Wer das nicht miterlebt hat, kann sich keine Vorstellung darüber machen. 45 Jahre mussten vergehen, ehe sich Frau **G. Schmöckel** entschloss, die schrecklichen Erlebnisse mit ihren Worten niederzuschreiben, zunächst aber nur für den engsten Familienkreis. Erst später gab sie ihre Einwilligung zur Veröffentlichung. Auch **R. Zäpernick** ließ Jahre vergehen, bevor er sich durchgerungen hatte, die Geschehnisse von 1945 für die Nachwelt festzuhalten. Auch er musste Abstand gewinnen.

Rudi Kuke

Unser Fluchtweg Febr./März 1945

Inhaltsverzeichnis Seite

Alte Ansichtskarte von Massin

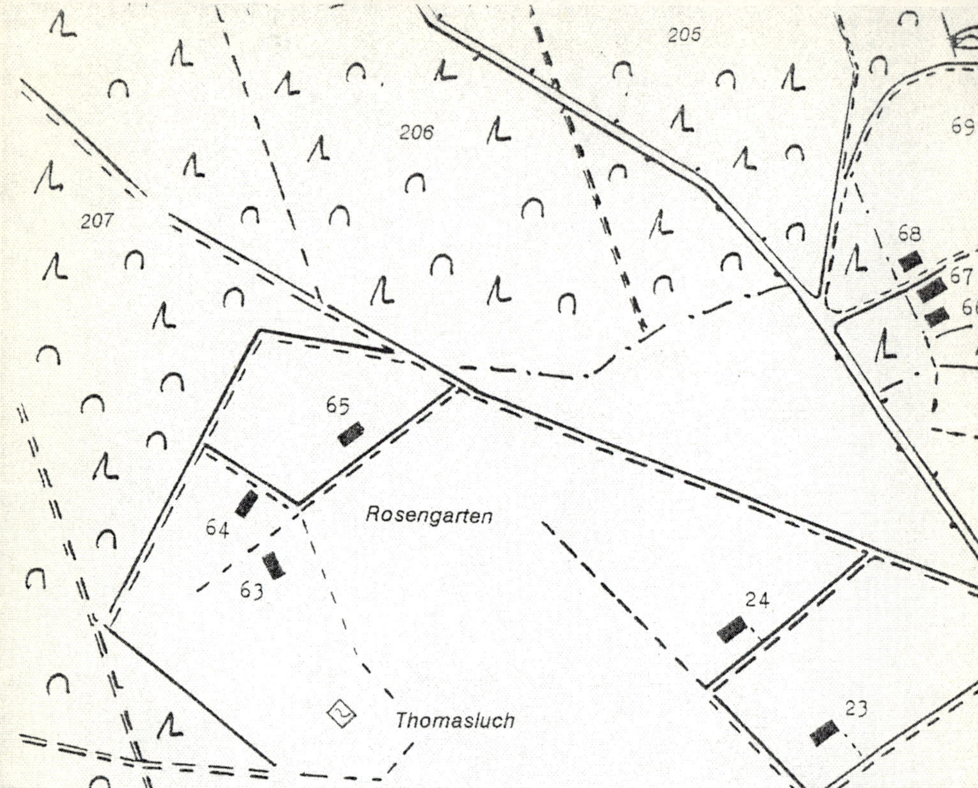

Kurzlegende zum Dorfplan

14 Müller, Otto
25 Weber, Richard
28 Gastshof Karl Roll
29 Strunk, Alfred
32 Gasthaus zur Sonne (E. Schöne)
53 Schule
62 Hagen, Paul / Jumptow, Willi
63 Leese, Otto
64 Sasse
65 Zäpernick, Alfred (Reinhard)
67 Pulz, Paul / Krüger, Otto
68 Virgens, Anna
69 Kuke, Herbert (Rudi) / Schenk, Otto
70 Siepelt, Otto
71 Weber, Gustav
72 Brauer, Paul
73 Lohde, Gustav
74 Steinbock, Richard

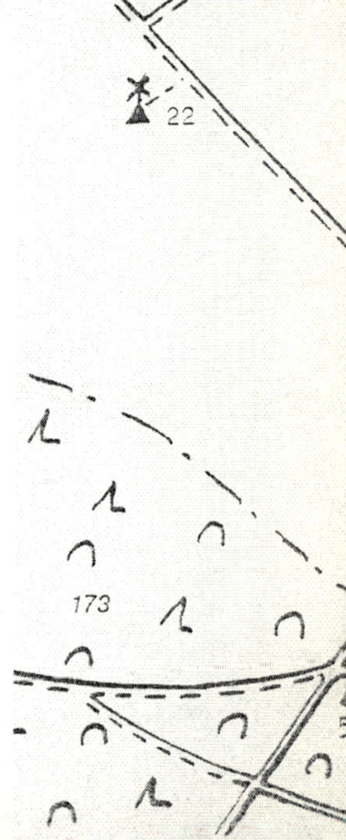

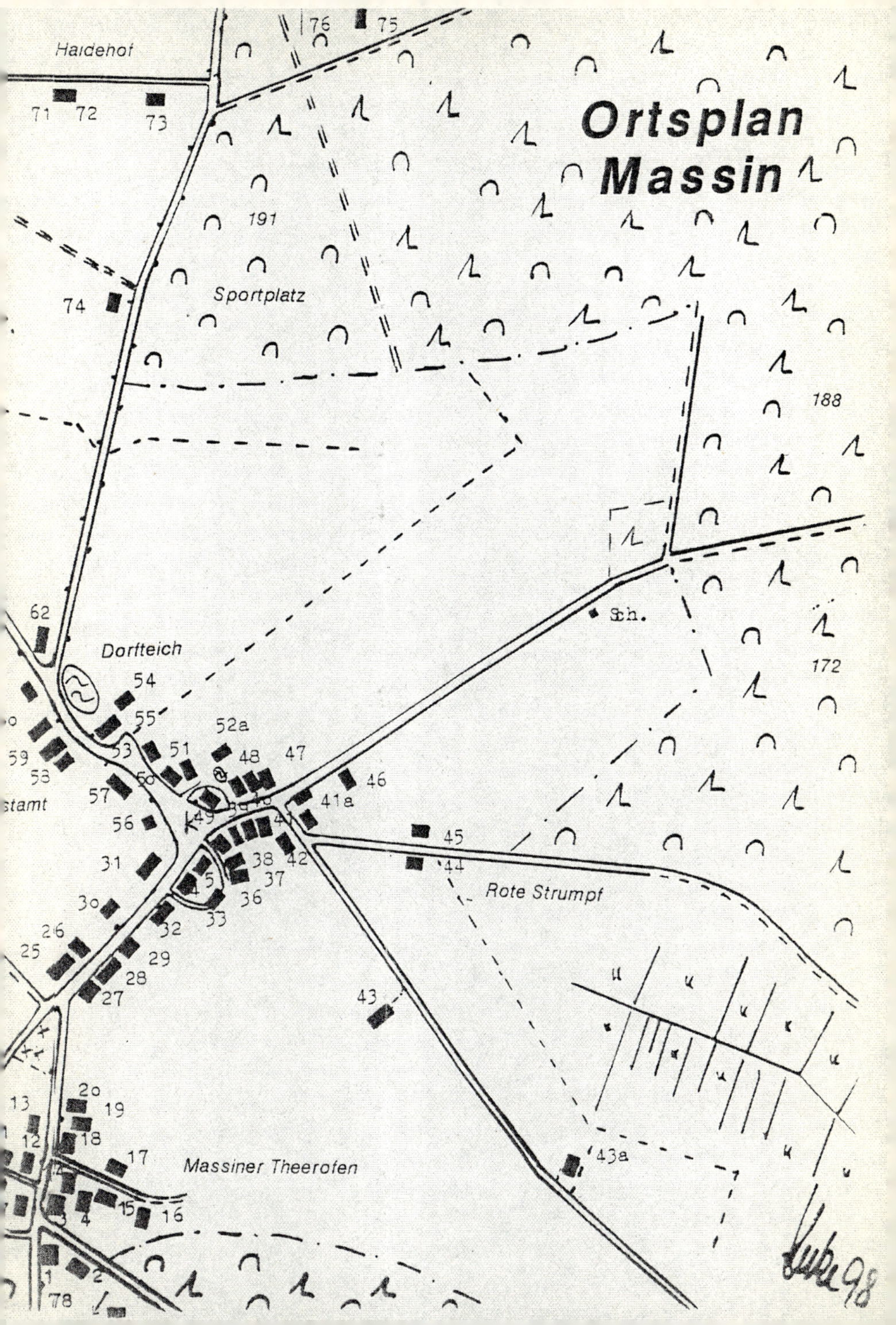

Ortsplan
Massin
Haidehof
71
72
73
74
75
76
191
Sportplatz
188
172
Sch.
62
Dorfteich
54
55
52a
53
51
48
47
46
41a
45
44
Rote Strumpf
59
58
57
56
31
30
26
25
32
33
36
37
38
42
29
28
27
43
43a
20
19
13
12
18
17
Massiner Theerofen
15
16
3
4
1
2
78

Gertraud Schmöckel

Erinnerungen nach 45 Jahren

Das Jahr 1945 war das Schlimmste in meinem Leben

Es war Januar - und es war ein bitterkalter Winter mit viel Schnee. Wir wohnten in Balz, einem Dorf, gute 20 km von Landsberg/W. entfernt. Unser Haus stand dicht an der Straße, der Reichsstraße 1, die als Hauptstraße von Berlin nach Osten führte. Die russische Front rückte immer näher. Mein Vater war schon lange kränklich. Damit er nicht noch zum Volkssturm eingezogen wird, besorgte ich ihm ein Attest vom Arzt und brachte es zu einem SA-Funktionär. Er war 54 Jahre alt. Man hörte schon von Gräueltaten, die die Russen verübten. Meine Eltern wollten deshalb gern, dass ich zu meiner Schwester Mariechen nach Brandenburg mit meinen kleinen Kindern ginge. Die Straßen waren schon täglich voll mit Trecks aus dem Osten. Unser Kreis Landsberg durfte jedoch noch nicht geräumt werden. Erst dann, wenn die Genehmigung von der Kreisleitung gegeben wurde.

Ich hatte zuvor als Verkäuferin in der Molkerei in Vietz gearbeitet. Jemand hatte für mich ausgemacht, dass ich am 30. Januar mit dem Milchauto, das jeden Tag von Berlin kam, mit meinen Kindern mitfahren sollte. Von Berlin aus wollte ich weiter mit dem Zug nach Brandenburg fahren. Bei meiner Tante in Vietz sollte ich auf das Milchauto warten. So verabschiedete ich mich von meinen Eltern, setzte die Kinder und die Koffer auf einen Schlitten und zog damit die ca. 3 km bis zur Tante nach Vietz. Dort wartete ich Stunde um Stunde, bis nachmittags ein Franzose von der Molkerei kam. Er arbeitete dort, wie viele andere aus dem

Gefangenenlager. Sie konnten sich frei bewegen. Er sagte mir, dass das Auto von Berlin nicht mehr durchgekommen sei. Bei Küstrin wäre ein Chaos. Die zurückweichenden deutschen Truppen, die Flüchtlingstrecks vom Osten, alles staute sich dort. Der Russe kam immer näher. Was blieb mir nun anderes übrig, als die Kinder auf den Schlitten zu setzen und zu den Eltern zurückzukehren? Da es bei dem hohen Schnee sehr schwer war, half mir der Franzose beim Schlitten ziehen. Jetzt brauchte man ja keine Angst mehr zu haben, mit einem Ausländer gesehen zu werden. Vorher wäre man eingesperrt worden. Nun, in dieser Nacht, war die Unruhe auf der Straße besonders groß. Versprengte deutsche Soldaten und viele Flüchtlinge waren unterwegs. Doch ich schaffte es nach Hause zurück.

Am 31. Januar wollte ich noch Brot vom Bäcker holen, bekam aber keines mehr, nur noch Sauerteig. Wir hatten noch Mehl daheim und so backte meine Mutter Brot. In der Ölmühle konnte man sich Leinöl holen, so viel man wollte. Die Besitzer waren schon geflohen. Ich schob paar Mal das Fahrrad mit den Kannen durch den Schnee und holte uns einen guten Vorrat. Daheim füllten wir das Öl in Flaschen. Im Stall hatten wir ein fettes Schwein, noch ein Schaf und Hühner. Aber wir sollten davon nichts mehr haben. In dieser Nacht hörten wir schon auf der Straße die Panzer rollen und dann das dauernde Geräusch, wie von trappelnden Pferden. So ging es die ganze Nacht hindurch. Es waren die russischen Panjewagen mit den kleinen Pferden.

Am 1. Februar, meinem Geburtstag, kamen die ersten Russen ins Haus. Die erste Frage war die nach deutschen Soldaten, dann nach Uhren. Es kamen immer mehr. Überall waren nur noch Russen auf der Straße, die weiter zur Oder nach Küstrin zogen. Jetzt kamen sie in unsere Küche und füllten ihre Patronengürtel auf. Draußen war Flak aufgestellt worden, denn die deutschen Jagdflieger griffen noch immer an. Am nächsten Morgen lag ein toter Russe neben unserem Haus. Wir konnten nicht mehr raus, um das Vieh zu füttern. Das Klo war auch auf dem Hof und ich weiß nicht mehr, wie wir es gemacht haben, dahin zu kommen.
Es ging auf den Abend zu und wir brauchten unbedingt Wasser. Die Pumpe war ebenfalls auf dem Hof. Wir mussten sie im Winter immer mit Stroh einpacken, sonst fror sie ein und musste dann erst aufgetaut werden. Als ich mit dem Eimer aus dem Haus kam, sah ich, dass der Pumpenschwengel abgebrochen war. Die Russen hatten sie mit Gewalt bedient. Jetzt blieb mir nichts weiter übrig, als über die Straße zum anderen Gehöft zu gehen. Dort befand sich die Pumpe im Stall. Aber, oh Schreck, alles war voller Russen. Sie ließen mich mein Wasser nehmen, redeten miteinander und sahen mich dabei so eigenartig an. Sie ließen mich aber wieder unbehelligt gehen. Es war die kämpfende Truppe! Sie fütterten ihre Pferde und ruhten sich aus. In dieser Nacht legten wir uns mit Kleidern ins Bett. Die ganze Nacht hindurch fuhren wieder Panjewagen an Panjewagen, dann auch Panzer.

Am Morgen des 2. Februar klopfte es an die Tür. Es war der Franzose, der mir beim Schlitten ziehen geholfen hatte. Er bat darum, bleiben zu dürfen. Das Lager hatte sich aufgelöst und nun suchten sie alle eine Bleibe. Durch die Front bei Küstrin kamen sie nicht mehr weg. Er wusste, wo ich wohnte, da er wie ich auch in der Molkerei gearbeitet hatte. Er blieb nun erst einmal da.
Am Abend legten wir uns alle angezogen ins Bett. Plötzlich kamen russische Offiziere herein. Sie beachteten uns zunächst gar nicht, breiteten ihren Lageplan auf dem Tisch aus und besprachen sich. Auf einmal forderte uns ein Soldat auf, den Raum zu verlassen. Oben im Haus war auf jeder Hausseite ein Zimmer. Das größere bewohnte ein alter Mann, ein Tischler, während das andere mit alten Sachen und Truhen belegt war. Nun mussten wir Decken auf dem Fußboden ausbreiten, worauf wir uns legten, vier Erwachsene und meine zwei Kinder. Wilfried war fast vier Jahre alt und Brigitte wurde in 10 Wochen erst zwei. In den anderen Raum war die Wache eingezogen. Die Offiziere lagen sicherlich in unseren Betten. In der Nacht kam mehrmals ein Russe herein und sagte zu mir: „Frau komm!“ Aber der Franzose hielt schützend den Arm über mich. So blieb ich für diese Nacht verschont.
Am anderen Tag holten wir noch das Kinderbett für Brigitte nach oben und etwas zu essen. Im Laufe des Tages kamen immer wieder Russen und fragten nach deutschen Soldaten. Dann kam wieder einer, der etwas deutsch sprach. Er hatte ein Loch auf der Rückenseite des Mantels und sagte „Mes-

serschmitt", also war er von unseren Jagdfliegern beschossen worden. Dann sagte er: „Deutsche Soldaten haben meine Eltern und Schwester umgebracht", und an meinen Vater gewandt: „Ich will deine Tochter." Ich glaube, er war auch angetrunken. Mein Vater sagte, dass ich doch kleine Kinder hätte. „Was Kinder", sagte er. Der Franzose winkte mir zu, ich solle rausgehen. Ich sprang die Treppe hinunter und rannte die Straße entlang zu den anderen Häusern. Der Russe kam nach und schoss zweimal mit der Pistole nach mir, traf aber nicht. Dann ging er wohl wieder nach oben und hielt meinem Vater die Pistole vor die Brust. Er tat ihm aber nichts. Mein Vater kam kreidebleich in dem Haus an, wo ich mich aufhielt. Meine Mutter hatte sich mit den Kindern auch woanders hinbegeben, sie kam später nach.

Bei Landsberg hatten die Russen inzwischen ein riesiges Lager mit französischen Weinen, Champagner und Schnaps gefunden. Sie waren ständig betrunken, was für uns besonders schlimm war! Wir blieben wohl zwei oder drei Nächte in dem großen Haus, in dem sich noch mehrere Personen aufhielten. Wir schliefen alle auf dem Fußboden, auch der Franzose kam dorthin. Meine Kinder waren in allen Situationen brav. Meine Mutter sagte mir, dass, als der Russe nach mir schoss, Wilfried geschrieen hatte: „Ist meine Mama nun tot?" Er hatte das schon mitbekommen. Irgendwann mussten wir auch etwas essen. Die Nachbarn konnten uns ja nicht alle beköstigen. Wir schauten deswegen in unsere Wohnung. Die Russen waren weg, aber es war alles durchwühlt. Die Betten aufgeschlitzt, das Öl, die Heidelbeeren und alle Vorräte verschwunden. Wir räumten auf und blieben da. Mein Vater legte sich fast angezogen ins Bett. Er hatte immer heftigere Schmerzen. Meine Mutter schlachtete noch einige Hühner.

Am nächsten Tag wollte sich der Franzose auf den Weg machen, um mit den anderen Kameraden zu klären, wie sie nach Hause kämen. Am späten Nachmittag kam er jedoch wieder zurück. Den Tag über suchten wieder einige Russen nach Frauen im Haus. Ich versteckte mich hinter einem Schrank. Meine Mutter hatte noch die Hühner gekocht. Der Franzose bekam auch sein Essen. Es wurde schon ein bisschen schummrig, als zwei ältere Russen kamen. Sie setzten sich mit an den Tisch und aßen. Ich hatte meine Kinder im Arm. Sie sprachen in russisch auf den Franzosen ein. Eine Verständigung war aber nicht möglich. Sie standen plötzlich auf und forderten meinen Vater auf, es ebenfalls zu tun. Wir wussten nicht, was sie wollten. Meine Mutter fasste ihren Mann unter den Arm. Die Russen schoben beide hinaus. Ich sagte noch, dass er krank wäre. Sie winkten ab. Was sollte ich tun? Meine Kinder hatte ich auf dem Arm, sie hatten große Angst. Unser Klo war auf der anderen Seite des kleinen Hofes. Der eine Russe schob meinen Vater ins Klo, machte die Tür zu und schoss hindurch. Meine Mutter rannte vor Angst über die Straße. Der zweite Russe schoss hinterher. Dann kam er zurück, machte das Klo auf und schoss nochmals auf meinen Vater. Ich musste das ganze Geschehen durch das Küchenfenster mit ansehen. Es waren nur Sekunden! Später habe ich oft daran gedacht, dass ich hätte hinterher laufen sollen! Was aber wäre aus meinen Kindern geworden, wenn ich getötet worden wäre? Die Angst war auch zu groß. Zunächst stand ich wie unter einem Schock. Inzwischen war es dunkel geworden und die beiden Russen waren weiter gezogen. Wie es schien, waren sie auch betrunken. Ich wollte nach meiner Mutter sehen, aber man hatte sie auf die andere Straßenseite gezogen. Dort war alles voller Russen. Ich hatte Angst, außerdem war es nun schon dunkel.

Es war der 8. Februar. Ein fremder Franzose kam noch ins Haus zum Übernachten. Als ich die Kinder ins Bett gelegt hatte, überkam mich erst das ganze Elend. Ich weinte die ganze Nacht hindurch. Nun wollte ich auch nicht mehr im Haus bleiben. Ich wollte zu meiner Schwester nach Dühringshof. Dorthin waren es 10 km von uns in Richtung Landsberg. Meine Kinder setzte ich in den Wagen und packte das Nötigste dazu, hauptsächlich Esswaren. Ich sagte dem Franzosen, dass ich dort eine Schwester hätte. Die beiden Franzosen kamen mit. Vorher sah ich noch ins Klo, da saß mein Vater mit einem Schuss im Bauch und einem im Kopf. Er war tot. Wir liefen los, es war noch kalt und Schneematsch lag überall. Unterwegs hielt noch ein französisches Rot-Kreuz-Auto an. Sie sollten mich mit den Kindern mitnehmen. Als sie jedoch hörten, dass ich eine Deutsche war, wollten oder konnten sie es nicht. So liefen wir die 10 km zu Fuß. Ich dachte nun, dass ich zu meiner Schwester kommen

würde, um ihr den Tod unserer Eltern mitzuteilen. Sie war aber nicht in ihrer Wohnung und ich konnte damals nicht ahnen, dass sie mit ihrer Tochter noch den letzten Zug Richtung Westen erreicht hatte.
Ich habe in den folgenden Wochen noch oft in ihrer Wohnung vergeblich nach ihr gesehen. Auf der Treppe in ihrer Wohnung kam uns schon ein Russe mit Kleidung auf dem Arm entgegen. Sonst war noch alles vorhanden. Abends legten wir uns mit Kleidung ins Bett. Mit den Kindern legte ich mich in das eine Bett, in das andere der Franzose. Der zweite Franzose legte sich ins Kinderbett. Nach einer Weile kam ein Russe. Er forderte mich auf: „Frau komm!“ Der Franzose wollte ihn abwehren und meinte, dass ich eine Französin sei. Die Franzosen hatten ja ihre Uniform an. Der Russe ließ sich nicht beeindrucken. Ich musste mit in die Küche, wo eine Liege stand. Dort fiel er über mich her. Es war meine erste Vergewaltigung.
Was nun? Das Haus lag auch dicht an der Straße und von meiner Schwester fehlte noch immer jede Spur. So liefen wir am anderen Tag weiter. Auf der Straße stand vor einem Bauernhof ein Franzose. Sie berieten sich miteinander. Ich verstand nichts. Dann liefen wir weiter nach Loppow. Dort befand sich abseits der Straße ein großer Bauernhof. In der einen Hausseite waren schon viele Italiener und zwei Franzosen versammelt. Wir bezogen ein leeres Zimmer. Die Italiener kochten und backten, sie hatten sogar geschlachtet. Sie versorgten uns mit Essen und Trinken. So war ich einige Tage

geschützt vor den Russen. Sie bekamen mich nicht zu sehen. Aber wie sollte es weitergehen? Ich dachte an meine toten Eltern und daran, wo sich wohl meine Schwester aufhielt. Wir schliefen allein in einem Raum, nur der eine Franzose legte sich ins Nebenbett. Wir waren immer angezogen. Die Kinder hatte ich stets neben mir. So ging es ein paar Tage gut. Dann, eines Nachts, drang doch so ein Mongolentyp ein. Sie waren ja alle schwer bewaffnet mit Maschinengewehren. Er jagte den Franzosen hinaus und legte sich mit Pelzmütze und Stiefel zu mir ins Bett. Die Kinder legte ich noch schnell ins andere Bett. Dann fiel er über mich her. Er war ein richtig dreckiges Schwein, er klebte förmlich. Nachts klopfte der Franzose leise ans Fenster, um zu erkunden, ob er noch da wäre. Das hörte der Russe und griff gleich zum Gewehr. Dann schnarchte er weiter. Ich versuchte aus seiner Nähe zu kommen, aber er merkte es sofort. Am anderen Tag kamen noch mehr Russen ins Haus, sie suchten immer nur nach Frauen. Die Italiener und Franzosen wollten nun auch fort, weiter ihrer Heimat zu. Sie besprachen sich, wussten aber auch nicht, wie es weiter gehen sollte. Oben im Haus war noch eine Oberstube und darüber, unter dem Dach, noch etwas Bodenraum. Man konnte nur mit einer Leiter hinauf. Dorthin brachten die Ausländer Betten und ich musste mich mit den Kindern abends dort verstecken. Die Leiter nahmen sie dann weg und so konnte ich mit den Kindern unbehelligt schlafen. Die Kinder waren so lieb und gaben keinen Ton von sich.

Es war noch ziemlich kalt. Nachts hörte ich mehrmals Russen unten im Haus, sie suchten nach Frauen. Am anderen Tag wollten die Ausländer das Haus verlassen und weiter gehen. Ein Franzose sprach lange mit meinem Begleiter und machte ihm klar, dass er mich nicht weiter mitnehmen könne. Nach Westen war es wegen der Front nicht möglich und weiter ostwärts ging es auch nicht. Überall waren die Russen! So entschloss ich mich, wieder umzukehren, um nach meiner Schwester zu sehen. Aber sie war auch diesmal nicht in ihrer Wohnung.

Der 14. Februar war ein schöner Tag mit Sonnenschein. So lief ich die 10 km zurück nach Balz. Die Russenwagen fuhren noch immer an mir vorbei in Richtung Küstrin. Sie behelligten mich jedoch nicht. Ich musste an unserem Haus vorbei. Ich traute mich aber nicht, nach meinen toten Eltern zu sehen. So lief ich weiter bis mitten ins Dorf und kehrte bei meiner Tante ein. Dort traf ich, außer meiner Tante, auch meinen Onkel, zwei Pflegetöchter der beiden sowie Cousine Erna aus Berlin mit Kind an. Wir fielen uns in die Arme und weinten. Sie wussten schon vom Tod meiner Eltern. Sie hatten sich tagelang am Waldrand im Försterhaus versteckt gehalten.

Meine Tante war schon Mitte fünfzig. Sie ist von einem jungen Russen vergewaltigt worden und der Onkel musste machtlos zusehen.

Da die Russen ihre Speisekammer geleert hatten, wurde noch geschlachtet und gebuttert. Die Nacht verbrachte ich dort.

Am nächsten Morgen, es war der 15. Februar, kamen zwei Russen. Sie forderten uns auf, binnen einer Stunde das Haus in Richtung Landsberg zu verlassen. So erging es allen Leuten, die noch im Dorf waren. Wir packten mit Onkel und Tante alles auf einen Handwagen. Wir nahmen auch noch Würste, Brot und Butter mit. Die Front verlief nur 22 km entfernt bei Küstrin an der Oder. Die Russen brauchten das Dorf für ihren Nachschub. Es lag ja an der Hauptstraße. Jetzt liefen wir dieselbe Strecke zurück, die ich am Vortage gekommen war. Wir kamen dabei an unserem Haus vorbei. Mein Onkel sah nach meinem toten Vater. Die Mutter fanden wir nicht, wir konnten sie nicht einmal begraben. Sie lag im Hausflur des Nachbarhauses, wie ich später erfuhr. Wir liefen die 10 km bis Dühringshof, dort zweigten wir rechts ab in Richtung Blumenthal zur Warthe. Als wir über die Bahngleise kamen, griffen deutsche Tiefflieger wieder die russischen Truppen an. Ich beugte mich vor Angst über meine Kinder. Es war eine richtige Völkerwanderung, so viele Flüchtlinge waren unterwegs.

Wir bezogen in Blumenthal in einem Haus die Oberstube. Alles andere war schon belegt, als wir ankamen. In der Stube standen zwei Betten. Wir stellten Stühle davor und legten uns alle quer darüber, so dass wir Platz hatten. Brigitte lag im Kinderwagen.

Am anderen Tag, es war der 16. Februar, betraten Russen das Haus. Sie holten alle Männer, die anwesend waren ab, zum Bau des Flugplatzes bei Fichtwerder (Pyrehne). Wir ahnten damals nicht, dass es ein Abschied für immer sein sollte. Auch Onkel Erich kam nicht zurück, er starb in Russland an der Ruhr.

Nun begann eine Leidenszeit für uns alle. Täglich gingen Russen ein und aus. Wir Frauen versuchten uns „alt" aussehend herzurichten. So banden wir uns z. B. Kopftücher um, aber die Russen durchschauten den Trick. Sie suchten hauptsächlich nach jungen Frauen. Die Russen schossen die noch verbliebenen Hühner ab und die Frauen im Haus mussten für sie kochen. Wir Frauen mussten auch öfter mitessen und auch ihren Wodka oder den Brennspiritus trinken. Einmal sangen sie russische Lieder, u. a. auch das Wolgalied.

In diesem Ort hatten die Russen 12 Personen erschossen, darunter waren auch Kinder. Viele junge Frauen wurden verschleppt und mussten mit Viehtransporten bis nach Russland laufen. Das blieb mir erspart durch meine Kinder. Dann wurden wir wieder aus diesem Haus gejagt. Es hieß: Nach Landsberg oder Russland! Wir suchten uns wieder ein neues Quartier. Es lag dicht am Wall zur Warthe. Es waren viele Leute im Haus, ein ständiges Kommen und Gehen. Wir waren dort mit vier Erwachsenen und drei Kindern zusammen: der Hausfrau, ihre Tochter mit Kind und einer jungen Berlinerin mit zwei Kindern zwischen ein und zwei Jahren. Mit dem Essen wurde es inzwischen immer schlechter. Wir hatten kein Brot mehr. Die Kartoffeln mussten wir schon aus den Mieten holen. Die Tante hatte noch eine lange Salamiwurst. Davon bekam jeder eine dicke Scheibe täglich. Ferner gab es Mehlsoße mit Speck. Einmal gab es in Dühringshof, gute 7 km entfernt, Brot. Ich machte mich mit dem Kinderwagen auf den Weg und bekam ein Brot ab. Dann wurden wir wieder von den Russen rausgejagt, damit sie alles durchsuchen konnten. Einmal mussten alle Bewohner, die sie hinausgetrieben hatten, auf einer Wiese Aufstellung nehmen. Dort wurden willkürlich Leute herausgesucht für irgendwelche Arbeiten oder Viehtransporte. Niemand wusste es. Dann hieß es wieder: Ab nach Landsberg!

Wir wanderten den Wall entlang und legten unser Gepäck in einer Scheune ab, um zu sehen, ob wir in einem vor uns liegenden Haus über Nacht bleiben konnten. Später ging ich los, um meinen Koffer zu holen. Als ich in die Scheune kam, waren schon drei Russen dabei, alles zu durchsuchen. Die lange Wurst, die mir meine Tante im Koffer versteckt hatte, war weg und auch die besten Kleider von dem Wenigen, was ich noch hatte retten können. Dann fielen sie noch alle drei über mich her!

Die russischen Zeugläuse hatten wir mittlerweile auch schon bekommen. Wir wanderten am nächsten Tag wieder zurück in das vorherige Quartier. Russen holten dann die Hausfrau, deren Tochter mit Kind, meine Cousine mit Kind und Tantes Pflegetochter Irmgard ab. Sie sollten in einer Schneiderstube bei Landsberg für die Russen nähen. Sie bekamen dort wenigsten etwas zu essen. Nun war ich mit meiner Tante und mit meinen Kindern sowie der Berlinerin und ihren Kindern allein im Haus. Mit dem Essen war es nun besonders schlecht. Milch bekam ich nur anfangs ein paar Mal von der Nachbarin. Dann aber war deren Kuh auch weg. Russen kamen noch immer ins Haus. Die Berlinerin und ich mussten viel aushalten! Manchmal kamen auch Offiziere in Begleitung ihrer Soldaten. Wir mussten dann für sie kochen, meistens Bratkartoffeln von rohen Kartoffeln. Brot hatten sie. Wir waren froh, mitessen zu dürfen. Zweimal in dieser Zeit bekam ich ein Stück Butter für die Kinder.

Einmal kam eine ganze Kompanie. Sie ruhten sich aus und lagen auf dem Fußboden, auf Tischen und überall. Wir blieben unbehelligt. Ich erinnere mich, dass ein alter, hässlicher Mongole die Berlinerin belästigte. Sie sträubte sich so, dass er schon zum Gewehr griff. Es blieb ihr nichts anderes übrig, als alles über sich ergehen zu lassen.

Unser Trink- und Waschwasser mussten wir aus einem Bach holen. Später sahen wir, dass ein totes Pferd darin lag. Auf dem Wall bemerkten wir eines Tages auch etliche Wagen, beladen mit Heu und Stroh. Es waren Polen, die dort arbeiteten. Ich hatte aus dem Fenster zugesehen, als sie plötzlich anhielten. Ich erkannte einen guten Bekannten. Er musste für die Polen arbeiten. Als Soldat hatte er einen Bauchschuss erlitten. Er war in einem Keller in Landsberg geschlagen worden, nur weil er Soldat gewesen ist. Wir fielen uns weinend in die Arme und ich erzählte ihm vom Tod meiner Eltern. Der freundliche Pole genehmigte meinem Bekannten eine Stunde Pause. Der Pole sagte zu mir, dass die deutsche SS in einem Kinderheim in Polen alle Kinder aus dem

Fenster geworfen hätte. Er hätte noch jetzt die Schreie der Kinder im Ohr.
Mit dem Essen war es fast aus! Wir suchten uns schon altes Mehl aus Truhen zusammen und siebten es durch, obwohl schon lange Spinngewebe und Maden darin waren.
Wieder kamen Offiziere und ihre Begleiter ins Haus. Wir mussten wieder für sie kochen und durften dafür mitessen. Gerade als wir am Tisch saßen, kamen einige von der GPU herein. Angeblich hatten sie ein altes Radio auf dem Boden des Hauses gefunden. Jemand sollte mit zum Verhör! Sie nahmen mich in ihrem Geländewagen, mit dem sie querfeldein über die Wiesen fuhren, mit. Das Ziel muss Fichtwerder gewesen sein. Der Ort war voller Russen. Ich kam zum Verhör, ein Dolmetscher war dabei. Dort sagte ich aus, dass ich nicht Eigentümerin des Hauses sei. Trotzdem musste ich drei Tage für die Russen waschen. Mit dabei war noch eine Frau mit einem verkrüppelten Arm. Man hatte den Eindruck, sie holten einfach willkürlich jemanden zum Arbeiten. Jetzt bekam ich einen Passierschein, um wieder aus dem Dorf zu kommen. Voller Sorge lief quer über die Wiesen nach Blumenthal zurück. Die Kinder blieben in solchen Fällen immer bei meiner Tante. Zu essen hatte ich dort bekommen. Auf dem Weg kamen mir wieder zwei Russen entgegen. Der eine fiel gleich über mich her.
Mitte April wurde es mit den Russen ruhiger. Die Front rückte über Küstrin hinaus in Richtung Berlin. Am 14. April kehrten wir nach Balz zurück. In den Häusern war aller-

dings kaum etwas zu finden. Wir suchten nach dem Nötigsten, was man so brauchen konnte. Das Geschirr lag im Misthaufen. Wir holten einen ganzen Stoß Teller heraus. Meine Eltern waren am Waldrand begraben worden. Flüchtlinge, die in Tietzes Haus übernachten wollten, fanden meine tote Mutter. Sie holten dann auch meinen Vater hinzu, wickelten beide in Decken und begruben sie. Eine ältere Frau zeigte mir die Stelle. Ich stellte dort ein Holzkreuz auf. Später haben noch durchziehende Polen ihr Kind dort begraben.
Wie wir mit dem bisschen Essen fertig geworden sind, weiß ich bis heute nicht. Inzwischen waren schon einige Polen im Ort. Sie holten uns zur Arbeit. Die Straßengräben wurden sauber gemacht, tote Pferde und Rinder eingegraben, Waldbrände mussten gelöscht werden. Dabei stieß man hin und wieder auf einen Toten. Nur einmal habe ich von den Polen ein Brot für die Arbeit bekommen. Die Kinder blieben während dieser Zeit bei meiner Tante.

Ende April stellte ich fest, dass ich schwanger war. So machte ich mich zu Fuß auf nach Landsberg (20 km). Dort hielt sich noch ein deutscher Arzt, Dr. Friedländer, auf. Die Menschen standen bis auf die Straße. Nach Stunden kam ich an die Reihe und bekam einen Termin für den 15. Mai im Krankenhaus. Ich lief wieder zurück. Am 14. Mai machte ich mich wieder auf den Weg nach Landsberg. Eine Nachbarin, Frieda Düring, begleitete mich. Sie hatte in Loppow, etwa 6 km von Landsberg entfernt, Verwandte zu wohnen. Dort blieben wir über Nacht. Am anderen Morgen ging ich allein weiter bis Landsberg. Im Krankenhaus war ein ausländischer Arzt, ein Italiener. Er half den deutschen Frauen. Eine nach der anderen wurde unter leichter Narkose ausgeschabt. Die Narkosemittel waren sehr knapp. Anschließend durfte ich mich zu den anderen Frauen in den Flur setzen. Dort saß ich etwa ein bis zwei Stunden, um dann die 6 km bis Loppow zurück zu laufen. Über Nacht blieb ich dort. Am 16. Mai lief ich dann mit Frieda Dühring wieder nach Balz zurück. Aber ich hätte die 15 km wohl nicht geschafft, wenn mich nicht ein russischer Panjewagen ein Stück mitgenommen hätte. Ein Paar Tage ruhte ich aus, dann ging ich zur Russenküche zum Kartoffelschälen. Damals ahnten wir noch nicht, dass wir für immer unsere Heimat verlassen müssen.

Unser Nachbar Richard hatte irgendwoher einen alten Gaul aufgetrieben. Er pflanzte Kartoffeln und Tante Petra wollte natürlich auch gern ihren Acker bestellen. So luden wir erst Mist auf, streuten ihn aus und pflanzten dann die Kartoffeln. Diese hatten wir noch in unserem Ort in Mieten gefunden.

Am anderen Tag wollte ich wieder in die Russenküche, doch dann bekam ich furchtbare Schmerzen im Bauch und schleppte mich wieder nach Hause. Einige Tage lag ich schon, als der Pole mich wieder zur Arbeit holen wollte. Er tobte, als die Tante ihm mitteilte, dass ich krank sei. Als er mich aber sah, sagte er: „Verstehe“. Ich muss doch wohl schrecklich ausge-

sehen haben! Am Abend kamen noch zwei Russen ins Haus. Sie wollten über mich herfallen. Ich schrie sie an: „Krank, krank!“ Sie fluchten, nahmen aber noch meine letzte Tasche mit, bevor sie abzogen. Darin waren meine gesamten Papiere und alle Fotografien und Andenken, die ich zu Hause noch vorgefunden hatte. Alles war nun weg!
Die leere Tasche wurde später am Waldrand gefunden. Inzwischen waren auch meine Cousine Erna mit Kind und Irmgard von der Arbeit in der Schneiderstube bei Landsberg zurück gekommen. Manchmal bekamen wir Pferdefleisch von verreckten Tieren zugeteilt. Meine Tante machte Buletten davon. So ging ein Tag wie der andere vorbei. Mitte Juni wurde Tantes Pflegetochter Irmgard krank, sie litt unter blutigem Durchfall. Also, mussten wir wieder nach Landsberg ins Krankenhaus. Doch wie nun hinkommen?
In der Nachbarschaft (bei Büttners) war schon ein junger Pole auf dem Hof. Er sprach ganz gut deutsch und kam immer an unseren Gartenzaun zum Erzählen. Zufällig musste er auch nach Landsberg, um seine Papiere in Ordnung zu bringen. Er nahm uns in seiner Kutsche mit. Ich musste Irmgard begleiten. Unterwegs, die Straße führte durch den Wald, stand Frieda Fischer aus Pyrehne mit ihrem Kinderwagen am Straßenrand. Sie bettelte, mitfahren zu dürfen, aber es war kein Platz mehr in der Kutsche. Nun sollte ich ihr krankes Kind auf dem Arm mit ins Krankenhaus nehmen, aber der Pole erlaubte es nicht. Das Kind hätte mir auf dem Arm sterben können!

In Landsberg angekommen, gingen Irmgard und ich ins Krankenhaus. Der Pole erledigte seine Sachen und wir wollten uns zu einer bestimmten Zeit wieder treffen. Es dauerte aber Stunden im Krankenhaus und ich wollte den Polen darüber verständigen, dass wir noch weiter warten müssten. Unterwegs nahm mich die polnische Miliz einfach mit. Es waren schon mehrere Personen auf dem Auto. Sie fuhren mit uns in eine, mir unbekannte, Straße in der Stadt und ließen uns zunächst warten. Dann verhörten sie uns. Einige behielten sie da, sicherlich zum Arbeiten. Etwa gegen 17.00 Uhr konnte ich gehen. Einige Häuser weiter traf ich auf den Polen, der glücklicherweise dort gewartet hatte. Nun fuhren wir zum Krankenhaus und bekamen dort Bescheid, dass Irmgard Typhus hatte und dableiben müsse. So fuhren wir allein zurück.

Am 23. Juni kamen zwei Russen und forderten uns auf, den Ort zu verlassen. Sie begründeten es damit, das hierher Polen kämen. So mussten wir wieder losziehen. Ich nahm meinen Kinderwagen, Tante Petra einen kleinen Handwagen. Mein Sohn Wilfried konnte bald nicht mehr laufen. Er durfte dann auf dem Handwagen sitzen. Tante Petra musste später noch Sachen ins Kornfeld werfen, da es sonst zu schwer wurde. Vor Küstrin war unser erster Halt für eine Nacht. Am zweiten Tag ging es durch das völlig zerstörte Küstrin. Wir fanden keine Unterkunft und hielten uns in einem Park auf. Dort befanden sich noch Ställe, aber alles war belegt. Am Straßenrand lag ein halbtoter alter Mann. Niemand kümmerte sich um ihn. In der Nacht entlud sich ein sehr schweres Gewitter mit viel Regen. Über dem Kinderwagen, in dem Brigitte lag, spannte ich einen Regenschirm auf. Wilfried lehnte ich gegen einen Baum und hing Decken um ihn. In der Nacht fielen in den benachbarten Gebäuden Schüsse und wir hörten Frauen schreien.

Am anderen Morgen schien die Sonne. Ich musste die schweren Decken auf dem Kinderwagen mitnehmen und so bepackt den Seelower Berg hoch laufen. In Seelow übernachteten wir in einem Stall, der noch voller Mist lag. Im Hof des Anwesens hatten wir, wie die anderen Flüchtlinge, Ziegelsteine hingelegt, einen Topf darauf gestellt, Feuer gemacht und Kartoffeln gekocht. Wir hatten ja sonst nichts mehr. Wir waren noch etliche Tage unterwegs, ehe wir in Ernas Wohnung in Berlin ankamen. Vor Berlin war noch ein Acker mit Kartoffeln. Alle stürzten sich darauf und rissen die Kartoffelstauden raus, um an die kleinen „Murmeln“ zu kommen. Der Besitzer kam dazu, schlug die Hände über dem Kopf zusammen und sagte: „Leute, ihr wollt doch nachher auch noch was essen.“ Aber der Hunger war zu groß und niemand mochte an später denken.
Ernas Wohnung war heil geblieben. Ihr Mann arbeitete in einem Schlachthof. Nun konnten wir nach langer Zeit endlich eine warme Graupensuppe essen. Bei Erna war aber nicht so viel Platz für uns alle. Darum wollte ich am nächsten Tag weiter nach Brandenburg zu meiner Schwester Mariechen.

Ich wusste zu diesem Zeitpunkt noch immer nicht, dass sich Hannchen (die Dühringshofer Schwester) schon dort befand. Nun lief ich mit meinem Kinderwagen durch das zerbombte Berlin bis nach Potsdam. Ein Rad an meinem Kinderwagen ging noch kaputt, also fuhr ich mit drei Rädern weiter. Der Bahnhof war überfüllt. Es fuhr dann aber noch ein Zug nach Brandenburg. Im Zug war eine Frau, die einen Laib Brot hatte. Sie schnitt für ihre Tochter davon ab. Als meine Brigitte das sah, schrie sie danach. Die Frau gab ihr aber nichts ab, da es für sie selbst noch lange reichen müsse. Ein junger Mann erbarmte sich meiner Tochter und gab ihr sein belegtes Brot.

In Brandenburg angekommen, mussten wir noch weit laufen. Wilfried konnte nicht mehr. Er sah eine Scheune und bettelte, wir möchten doch dort bleiben. Ich konnte ihn auch nicht mehr auf den kaputten Wagen setzen. So schleppten wir uns weiter bis zum Dorf Gollwitz. Ein Mann sagte uns, dass meine Schwester Mariechen wegen der Russen umgezogen sei und wo sie jetzt wohnte. Endlich sah ich meine Schwester in der Tür stehen. Sie erkannte mich erst gar nicht, bis ich stehen blieb ...

Reinhard Zäpernick

Vertreibung aus Massin

Mit schwerwiegenden Gedanken war das Jahr 1944 zu Ende gegangen. Die Nachrichten im Rundfunk verhießen nichts Gutes. Viele Gefallene, Vermisste und Verwundete waren im letzten Jahr zu beklagen gewesen. Schon vor den Weihnachtsferien war von einem geregelten Zugverkehr bei der Ostbahn kaum noch zu reden. Die Verwundetenzüge Richtung Westen wurden vorrangig bedient. Der Personenverkehr wurde mehr dem Zufall überlassen. Die Leistungsfähigkeit der Bahn hatte ihre Grenzen schon überschritten.

Bei dieser allgemeinen Lage war an einen ordentlichen Unterricht im Gymnasium in Landsberg/Warthe nicht mehr zu denken. Wir durften zu Hause bleiben, das hieß, der Unterricht wurde eingestellt.

Als Schüler traf uns diese Entscheidung nicht besonders. Die Penne war uns sowieso nicht so wichtig, lieber sahen wir dem Treiben auf der Ostbahn zu. Wir zählten die Panzer, Schützenpanzer, Geschütze, Flak, Pak und so weiter und bewunderten unsere Soldaten, die bereit waren, alles für Führer, Volk und Vaterland zu geben, auch ihr eigenes Leben! Wir wollten ihnen in keiner Weise nachstehen und gelobten ihnen bis zum Endsieg in Treue beizustehen.

Durch den Ausfall des Unterrichts in Landsberg/W. waren wir aber von den Geschehnissen auf der Ostbahn abgeschnitten. Erst jetzt sahen wir die besorgten Gesichter unserer Eltern. Ihre Mienen ließen das Schlimmste befürchten. Meine Mutter hatte als Kind den Einmarsch der Russen in ihre Heimat in Ostpreußen im 1. Weltkrieg miterlebt. Sie hatte uns oft davon erzählt. Von Flucht, Widrigkeiten auf der Flucht, vom Unwillkommensein in Mecklenburg, von Entbehrung und Hunger, von der Heimkehr nach Rominten in Ostpreußen auf verbrannte Erde und vom Wiederaufbau, an dem ihr Vater als Baumeister beteiligt war. Darüber hinaus dachte sie an den ersten Fronturlauber unseres Heimatortes „Massin". Er hieß Henni Steinborn und kam 1942 von der Ostfront. Da meine Eltern mit Henni gut befreundet waren, besuchte er auch uns auf dem Rosengarten. Nach reichlichem Alkoholgenuss berichtete er von seinen Erlebnissen. Kurz vor seinem Urlaub hatte er Furchtbares erleben müssen. Man hatte ihn zu einem Sonderkommando abkommandiert. In Estland hatte man Tausende baltischer Juden zusammengetrieben. Diese mussten riesige Gruben ausheben. Danach mussten sich die Juden am Grubenrand aufstellen und nach dem Kommando: „Feuer!", wurden sie alle niedergemetzelt. Viele von ihnen waren nur verletzt, sie wurden jedoch bei lebendigem Leibe verscharrt. Sein Fazit war: „Gnade uns Gott, wenn wir diesen Krieg verlieren sollten!" Henni sollte seine Heimat nicht wieder sehen. Doch ich war trotzdem vom deutschen Endsieg überzeugt. Es kann nicht sein, was nicht sein darf, war meine Überzeugung. Mein Glaube an unsere deutschen Soldaten und ihre Tapferkeit war noch ungebrochen, als meine Eltern und unser Franzose schon für den Ernstfall Vorsorge trafen. Unsere Ferkelsau Jolante, ca. sieben Zentner schwer, musste das Zeitliche segnen. Sie wurde geschlachtet, gekocht und das Fleisch in Milchkannen getan. Obenauf kam eine dicke Schicht Schmalz und der Deckel wurde zugemacht. Im Schafstall wurde die Spreu und der Mist zur Seite getan, einige Löcher gegraben und die Milchkannen samt Inhalt deponiert. Danach wurde mit Erde, Mist und Spreu der Urzustand wieder hergestellt. So ganz mochte ich darin keinen Sinn sehen. Ich war 14 Jahre alt.

So um den 15.01.45 wurde im Volksempfänger von schweren Abwehrkämpfen im Raum Schneidemühl berichtet. Es war kalt und es schneite. Von Massin bis Schneidemühl sind es etwa 100 km. Von Osten her war ein fernes Grollen zu vernehmen. Es erinnerte an die schweren Bombennächte in Berlin, die wir bei entsprechender Wetterlage ebenso vernehmen konnten. Mein Vater besprach sich immer öfter mit den Nachbarn und unserem Franzosen. Sie sprachen über Fluchtmöglichkeiten, über das Wie und Wann.

Wir hatten zwei Pferde. So wurde ein Planwagen hergerichtet. Einige Tage vergingen. Das Grollen im Osten wurde immer deutlicher. Nachts waren am östlichen Horizont kurzzeitige Aufhellungen erkennbar und das Grollen war am Tage schon ohne Unterbrechungen zu vernehmen. Am 28.01.45 wurde am Abend der Entschluss gefasst: Morgen wird gepackt. Doch am nächsten Morgen kam unser Franzose aus dem Lager zu uns - in letzter Zeit musste er sich jeden Abend im Gefangenenlager im Dorf einfinden und dort übernachten - mit den neuesten Nachrichten über den Frontverlauf. Er riet uns dringend von einer Flucht ab, denn russische Panzerverbände hätten bereits die Oder erreicht und eine Überquerung der Oder sei aussichtslos. Wir waren umzingelt!

Unser Dorf Massin liegt ca. sechs Kilometer nördlich von Vietz a. d. Ostbahn. Ringsum von herrlichem Hochwald umgeben, ein wunderschönes Fleckchen Erde. Beim Einmarsch der Russen zählte Massin etwa 400 Einwohner. Die meisten lebten von der Forst- bzw. Landwirtschaft. Zu diesem Ort flossen die Nachrichten nur spärlich. Die Nachrichten des Rundfunks waren wenig hilfreich, das hatten die meisten Einwohner begriffen. Mein Vater verließ sich jedenfalls auf die Informationen von Marcel (unser Franzose) und sah von einer Flucht ab, zumal das Vieh im Stall zu versorgen war. Der Planwagen wurde am Abend des 30.01.45 wieder abgeladen und wir blieben. Das Vieh wurde versorgt und unser Franzose verließ uns, um ins Lager zu gehen.

In dieser Nacht blitzte und krachte es ringsum und man konnte Mündungsfeuer und Granateneinschläge unterscheiden. Das Heulen der Granaten auf ihrer Flugbahn war furchterregend. Doch ansonsten war es in Massin ruhig, soweit wir das von unserem Hof verfolgen konnten, der etwa 1500 Meter vom Ort entfernt lag. Was würde der Tag wohl bringen?

Unser Vater hatte sich entschieden zu bleiben und ich fand diese Entscheidung richtig. Denn Flucht kam mir damals gleichbedeutend wie Fahnenflucht vor. Nein, wir mussten

den Russen widerstehen, auch wenn unsere Möglichkeiten, Widerstand zu leisten, gering waren. Doch ich war optimistisch, auch wenn der Vormarsch der Russen und die Gespräche der Erwachsenen die ersten Zweifel aufkommen ließen. Es schneite und ein scharfer, frostiger Wind fegte über das Land. Später schlief der Wind ein und es wurde eine schöne Winternacht. Wie aus der Ferne hörte ich die Flüche und das Peitschenknallen der Gespannführer, die mit ihren Planwagen auf der Neudammer Straße noch unterwegs waren.
Gegen 1.00 Uhr des 31.01.45 änderte sich die Situation plötzlich und dramatisch. Laute Schreie und Schüsse hallten vom Dorf und der Neudammer Straße herüber zu uns. Was war geschehen? Hatten die Russen uns überrannt? Wir wussten es nicht. Erwin Leese, der jüngste Sohn unseres Nachbarn, und ich beschlossen in der Morgendämmerung aufzubrechen und nachzusehen. Unsere Uniformen hatten wir seit Tagen nicht ausgezogen. Unsere Waffen waren meines Vaters 08-er Pistole und Erwin hatte eine belgische Armeepistole gleichen Kalibers. Einige Schachteln Munition in die Taschen gesteckt und los ging es! Der hohe Schnee und die Schneeverwehungen erschwerten unser Vorwärtskommen und die Pflaumenallee an der Altneudammer Straße bot uns nur mangelnde Deckung. Als wir die Neudammer Straße erreicht hatten, bot sich uns ein Bild des Schreckens. Planwagen, Gespanne, Menschen und Tiere lagen im chaotischen Durcheinander auf der Straße. Die Rote Armee

hatten sie bei ihrem Vormarsch überrollt. Ein Ausweichen der Flüchtlingstrecks war wegen der hohen Schneeverwehungen und der Dunkelheit kaum möglich gewesen. Jetzt herrschte Totenstille. Nichts regte sich. Die letzten 100 Meter bis zu den ersten Gebäuden stiegen wir über Wagentrümmer, Tierkadaver und Leichen. Links der Hof von Hagen/Jumtow, rechts der von Radickes. Wir entschieden uns für Radickes um nachzufragen. Ein paar Stufen führten zur Veranda und zur Haustür. Zaghaft klopften wir an. Es dauerte eine Weile, bis man uns antwortete: „Seid ihr denn völlig verrückt geworden! Wisst ihr es denn nicht? Der Russe ist durch und ihr habt noch die Uniformen an! Macht bloß, dass ihr wegkommt!“ Es traf uns hart, doch die Haustür blieb zu. Wir mussten den Heimweg antreten, ohne uns weiter informieren zu können. Waren wir bis jetzt so tapfer und mutig gewesen, so war es nun vorbei mit unserem Mut. Panische Angst machte sich bei uns bemerkbar. Es ging querfeldein den kürzesten Weg nach Hause. Nach etwa 150 Metern setzte auch noch Granatwerferbeschuss ein. Die Einschläge waren kaum 50 Meter von uns entfernt. Beim ersten Einschlag hatten wir schon die Nase im Schnee und die Splitter flogen uns um die Ohren. Es waren vier oder fünf Einschläge.

Nachdem sich alles wieder beruhigt hatte, krochen wir weiter nach Hause. Aufrecht zu gehen wagten, wir uns nicht mehr, obwohl weiterhin alles ruhig blieb. Eine Ewigkeit verging, in der wir nur das Knirschen des verharschten Schnees

vernahmen. Doch dann hatten wir endlich den Hof erreicht. Schnell entledigten wir uns unserer Uniformen, das Nötigste wurde zusammengepackt und das Vieh versorgt. Dann verließen wir unseren Hof.
Leeses hatten sich schon Tage zuvor uns angeschlossen. Bis zum Wald hin waren etwa 100 Meter freies Gelände zu überwinden, dann nahm uns der schützende Wald auf. Die sogenannten Saubuchten sollten uns für die nächste Zeit Schutz und Sicherheit bieten. Es war ein sumpfiges Gelände und ohne die Unterstützung von Väterchen Frost und der Ortskundigkeit meines Vaters, wohl kaum zu betreten. In einer Kieferndickung fanden wir, was wir suchten. Aus Kiefernästen und Reisig bauten wir uns Unterkünfte. Es schneite erneut, doch später kam die Sonne durch und es wurde ein milder Wintertag. Gegen Mittag trat der Vater von Erwin Leese, von uns Onkel Otto genannt, zu Erwin heran und nahm seinen Jüngsten in die Arme, um ihm zum 16. Geburtstag zu gratulieren. Alle schlossen sich an, während Onkel Otto und Tante Anna die Tränen in den Augen standen. Hier hockten wir nun in der kalten Wintersonne. Eine Welt war für uns zusammengebrochen. Wie würde es jetzt weiter gehen? Am Abend ging mein Vater zurück zum Hof, um das Vieh zu versorgen. Zwei Stunden später kam er zurück. Es waren zwei lange und bange Stunden. Zu Hause hätte sich nichts verändert, nur im Haus selbst wäre es kalt, berichtete mein Vater bei seiner Rückkehr. Den Ofen in Betrieb zu setzen, hatte er sich aber

doch nicht gewagt. Es war ein langer und ereignisreicher Tag gewesen und ich schlief schnell ein.
Als wir am anderen Morgen erwachten, hatte es erneut geschneit. Mutter war in Sorge, denn Vater war nicht anwesend. Er hatte sich wahrscheinlich wieder zur Versorgung des Viehs nach Hause begeben. Es war schon hell und die Sonne schickte ihre Strahlen durch den Morgendunst, als Erwin und ich uns auf den Weg machten um nachzusehen. Die Spur führte nach Hause. Sorgfältig benutzten wir die Spur meines Vaters, die er im Neuschnee hinterlassen hatte. Am Waldrand, an eine dicke Buche gelehnt, sahen wir etwas Schwarzes. Mein Vater trug einen schwarzen Mantel. Mir stockte der Atem. Hatte hier das Leben meines Vaters sein Ende gefunden? Von unserem Hof waren laute Stimmen zu vernehmen. Langsam pirschten wir uns bis zum Waldrand und an den vermeintlichen Toten heran. Es war aber nur der Mantel meines Vaters, den er vor Überquerung des schneebedeckten Feldes ausgezogen haben musste. Ich konnte langsam wieder aufatmen. Doch was bedeuteten die lauten Stimmen vom Hof her? Es waren eindeutig deutsche Laute, die herüber schallten. Wir wagten die letzten Schritte bis zum Hof. Die Überraschung war perfekt. Drei deutsche Soldaten hatten sich bei uns einquartiert. Das Vieh war versorgt und gerade waren die Vier dabei, die Sahne zu Butter zu verarbeiten. Die hatten Nerven! Eine Flasche Schnaps war auch schon leer. Dass sie dabei großen Lärm verursachten, war ihnen gar nicht bewusst, beziehungsweise kümmerte sie

gar nicht. Die drei Soldaten zogen alsbald weiter gen Westen und wir zurück in die Saubuchten um zu melden, was geschehen war.
Gegen Mittag waren wir allesamt wieder zu Hause. War alles nur ein böser Traum? Das Feuer im Herd und im Ofen wagten wir jedoch noch nicht anzuzünden.
Unser Wohnhaus war ein eingeschossiges Haus. Im Dachgeschoss war ein Zimmer eingebaut, der Rest diente als Getreidespeicher. Das Zimmer hatte am Giebel zwei Fenster, die die Sicht nach Nordost zur Neudammer Straße und zum Dorfeingang ermöglichten. Das Zimmer diente einst als Gästezimmer, später waren erst unser polnisches Mädchen „Stephania“ und dann unser Franzose „Marcel“ darin untergebracht. Jetzt diente es uns als Ausguck. Nachts wagten wir, Herd und Ofen wieder in Betrieb zu setzen. Endlich wieder etwas Wärme! Wenn man auch das Feuer nachts nicht sehen konnte, so hätte man es doch riechen können. Da der Wind von Osten her kam, ging alles gut.
Am 08.02.45 bekamen wir die ersten Russen zu Gesicht! Sie waren im Anmarsch auf unseren Hof. Drei erdfarbene Gestalten mit Maschinenpistolen und Pelzmützen. Wir hockten ängstlich im Wohnzimmer und wagten nicht zu atmen. Doch dann wurde mit dem Ruf: „Ruki werch“, die Haustür aufgestoßen! Sie durchsuchten alle Räume nach deutschen Soldaten und nach Waffen. Nachdem sie alles ausgeräumt hatten, zogen sie weiter. Schränke, Betten, Matratzen, Tassen, Teller, Bestecke, Kleider, Wäsche, Ei-

mer, Töpfe, Spielsachen und Bücher, einfach alles lag nach diesem Besuch im chaotischen Durcheinander auf dem Fußboden. Den Keller und den Speicher betraten sie jedoch nicht. Auch Vaters Tesching, der auf dem Kleiderschrank lag und dessen Lauf etwa 30 cm über den Rand lugte, übersahen sie. Ein Zeichen dafür dass auch sie ängstlich und nicht so mutig waren, wie sie sich gegeben hatten. Es waren russische Frontsoldaten und die ersten Russen, denen wir Auge in Auge gegenüber standen. Sie waren absolut korrekt und in dieser Situation menschlich. Keine Untermenschen, wie sie uns jahrelang von der Propaganda geschildert worden waren.
Am Tag darauf ging eine Batterie russischer Flak entlang der alten Neudammer Straße in Stellung. Kaum, dass es richtig hell war und die ersten Sonnenstrahlen den neuen Tag erwärmten, war ein bekanntes Flugzeuggeräusch zu vernehmen. Wir Kinder liefen nach draußen und erblickten drei JU 88, die gemächlich und in ganz geringer Höhe aus Richtung Neudamm kommend, über diese Flakbatterie hinwegflogen. Die Russen schossen, was aus ihren Rohren möglich war. Sie trafen aber nicht. Im Innersten meines Herzens jubelte ich. Die drei JU 88 gaben mir wieder Hoffnung. Als die drei Flugzeuge das Dorf überflogen hatten, drehten sie in Richtung Tornow ab, um kurz danach, wieder aus Richtung Neudamm kommend die Flakstellungen erneut zu überfliegen. Dieses Mal ließen sie jedoch ihre Bomben fallen und löschten die ganze Batterie aus. Die drei Flugzeuge

hatten ganze Arbeit geleistet und meine höchste Achtung errungen. Viele Russen waren tot, andere waren verwundet und schrieen. Auch die Geschütze der Russen waren völlig zerstört. Als die drei JU 88, wie nach ihrem ersten Überflug, Richtung Tornow abdrehten, wurden sie jedoch aus Richtung Raaksee heftig von einer anderen Batterie beschossen. Eine JU 88 wurde dabei getroffen und zog, aus dem linken Motor eine Rauchwolke hinterlassend, mit den anderen zwei Maschinen davon. Ob sie wohl den heimatlichen Flughafen erreichen konnte?
Bei allem Jubel in meiner 14-jährigen Jungenbrust verblieb ein bitterer Wermutstropfen. Im Verlauf des Tages transportierten die Russen ihre Toten und die verwundeten Kameraden ab. Sie kamen jetzt auf unseren Hof und requirierten unsere Pferde: den Schimmel, etwa 30 Jahre alt und unseren Fuchs, den mein Vater erst vor einem Jahr in seine Dienste gestellt hatte. Der Schimmel war lammfromm aber ein Eiferer. Der Fuchs hingegen war ein Schisser und Beisser und sehr kitzlig. Beim Füttern und Putzen musste man höllisch aufpassen. Meinem Vater hatte er so manche Verletzung zugefügt. Dem Fuchs trauerten wir nicht so sehr nach, aber um unseren Schimmel haben wir doch Tränen vergossen. Auch das Pferd von Sasses (Nachbar) wurde beschlagnahmt. Hatte der Tag für uns so hoffnungsvoll begonnen, so endete er doch recht bedrückend. Doch der Herd und der Kachelofen spendeten wohlige Wärme. Völlig übermüdet schliefen wir ein.

Am nächsten Morgen wurden wir sehr früh geweckt und gegen fünf Uhr aus unseren Träumen gerissen. Drei Russen kamen ins Haus und forderten alle männlichen Personen über 14 Jahre auf, mitzukommen. „Dawei, dawei, baschli dawei!" Vom Schlaf noch ganz benommen, kamen wir ihrer Aufforderung nach, denn Kolbenstöße und Fußtritte unterstützten ihr „dawei". So gingen wir, noch schlaftrunken ihren Anweisungen folgend, ins Dunkel des noch kaum zu erahnenden Tages. Am Waldrand entlang ging es in Richtung Zickenwinkel. Als wir auf die Neudammer Straße stießen, trafen wir noch weitere Männer aus Massin in entsprechender Begleitung. Was hatte man mit uns vor? Alle gingen gebeugt und ihren Gedanken nachhängend in Richtung Neudamm. Den Hochwald hinter uns lassend kamen wir zum Feuerschutzstreifen, eines nach dem Eulenfraß angelegten und vom Baumbestand befreiten und gepflügten ca. 50 Meter breiten Streifen. Hier bogen wir rechts ein. Sollte hier unser Leben enden? Nach einigen hundert Metern kam die Kolonne zum Stehen. Alle wurden mit Gerätschaften wie Hacke, Schippe, Spaten usw. ausgerüstet. Dann wurden wir in kleine Gruppen eingeteilt. Unsere Gruppe leitete ein etwa 50-jähriger Russe. Er war sehr freundlich und teilte sogar sein Brot mit mir. Das Gelände sollte auf mehreren 100 Metern Breite planiert werden. Man trieb uns zur Arbeit an.

Schon nach kurzer Zeit wurde uns klar, was unsere Arbeit bewirken sollte. Ein Feldflugplatz sollte entstehen. Als es dunkelte, geleitete man uns noch ein Stück des Weges, ehe man uns freigab. Wir konnten nach Hause gehen. Müde kehrten wir heim. Trotz aufgewühlter Gedanken schlief ich an diesem Abend schnell ein. In den nächsten Tagen setzte sich unser Tagesablauf, wie am ersten Einsatztag, fort. Schon am dritten Tag landeten die ersten Flugzeuge und hatten in den mit Kiefernreisig getarnten Unterständen ihren Platz eingenommen. Munition und Bomben waren eingetroffen. Als ich mit den anderen zum Beladen der Flugzeuge eingeteilt wurde, kam ich oft in Versuchung, eine der scharfgemachten Bomben zur Detonation zu bringen. Ich unterließ es letztendlich, da mich die Älteren eindringlich davor warnten, denn es bedeutete nicht nur, das eigene Leben aufs Spiel zu setzen, sondern auch das der anderen. Von den Männern aus Massin wäre sicherlich keiner mehr nach Hause gekommen.

Was war ein Leben unter diesen Umständen noch wert? Wenn wir abends heimkehrten, sahen wir in die verweinten und verzweifelten Augen der Daheimgebliebenen. Die Frauen und Mädchen wurden bei Tage von den Russen mehrfach vergewaltigt. Nach den Fronttruppen war der Tross nachgerückt. Sie bedienten sich in übelster Weise unseres Hab und Gutes und der deutschen Frauen und Mädchen.

Eines unserer Pferde, der Fuchs, war nach ein paar Tagen von allein wieder heimgekehrt. Man hatte ihn wohl davongejagt wegen seiner Untugenden. Mit schweren Striemen und Wunden hatte er seinen Stall gefunden.

Als wir wieder einmal am späten Abend heimkehrten und am Steinhaufen etwa 100 Meter von unserem Hof entfernt ankamen, wurden wir stutzig. Vom Hof her war kein Geräusch zu vernehmen. Wir lauschten in das Dunkel hinein, doch nur das Knarren einer Tür war zu hören. Vorsichtig schlichen wir uns zum Hof. Doch Haus und Stall waren leer und verlassen. Wo waren unsere Angehörigen geblieben? Was war geschehen? Fragend saßen wir in dieser Nacht zusammen. Keiner von uns konnte schlafen. Eines jedoch stand für uns fest: Der Iwan kann morgen seinen Flugplatz selbst fertig stellen. Ohne uns!
Gegen drei Uhr in der Frühe machten wir uns auf den Weg nach Ludwigsruh. Dort wohnten meine Großeltern. Wir vermuteten, dass unsere Angehörigen vertrieben worden waren und sich vielleicht dort aufhalten könnten.
Mein Vater kannte sich in den Örtlichkeiten des Waldes sehr gut aus. Jahrzehnte hatte er mit seinen Pferden das Stammholz an die abfuhrfähigen Wege gerückt. Teils im Auftrag der Förstereien, teils im Auftrag der Stammholzkäufer. Wegen dieser Tätigkeit war mein Vater während des Krieges UK gestellt worden. Da wir ja nicht die Straße benutzen konnten, führte uns mein Vater, trotz Dunkelheit, quer durch den Wald. Zunächst durch das Jagen 206 bis zur Neudammer Straße. Die Neudammer Straße überquerten wir ohne Schwierigkeiten. Weiter ging es durch die Jagen 205, 204, 221, 220, 240, wo wir dann den Wiesengrund westlich vom Schönwaldplatz zum Jagen 238 überquerten und zuletzt ging

es noch durch das Jagen 260. Es war inzwischen fast heller Tag geworden, als wir die Straße von Tornow nach Berneuchen erreichten. Hier war wiederum höchste Vorsicht geboten. Immer wieder wurde die Straße von russischen Fahrzeugen, im wesentlichen von Panjewagen, aber auch von Motorfahrzeugen, befahren. Doch nach einiger Zeit hatten wir einen günstigen Augenblick erwischt und wagten den Sprung auf die andere Seite. Hatten wir bis jetzt offenen Hochwald durchquert, schützte uns nun junger Kiefernbestand. Gegen zehn Uhr erreichten wir das Anwesen meines Großvaters kurz vor Ludwigsruh. Doch wir fanden Haus, Stall und Scheune, wie auch das angrenzende Nachbarhaus, verlassen und leer. Wir hielten uns nicht lange auf und suchten den Wald erneut als Deckung auf.

Als nächstes Ziel beschloss mein Vater seinen Schwager Richard Schulz in Briesenhorst aufzusuchen. Er hatte nämlich etwas entdeckt, dass wir übersehen hatten. Es war die Spur unseres Fuchses im Sandweg. Unser Fuchs hatte abnormale lange Hufe und seine Spur führte sowohl hierher als auch in Richtung Briesenhorst. Es war zu vermuten, dass sich unsere Angehörigen mit unseren Großeltern nach Briesenhorst begeben hatten. Am frühen Nachmittag erreichten wir den Hof unseres Onkels und unter Tränen konnten wir unsere Lieben in die Arme nehmen. Im Wohnhaus war kein Platz mehr, so dass wir in der Scheune Quartier bezogen. Wir hatten ein Dach über dem Kopf und die Hühner bedachten uns mit so manchem Ei. Doch das Martyrium der

Frauen durch die Russen begann wieder und auch wir Männer wurden erneut zum Arbeitseinsatz herangezogen. Nach zwei Tagen verstarb die Mutter meines Onkels. Wir begruben sie unter einer einzeln stehenden Tanne nahe des Hauses. Sie hatte ihre Ruhe gefunden! Was bedeutete in dieser Zeit schon der Tod? Zu viele Leichen lagen an unseren Wegen und im Wald, denen nicht einmal die Bestattung zuteil werden konnte. Soldaten, Männer, Frauen und Kinder. Sie lagen mit aufgedunsenen Leibern und blau bis schwarz glänzenden Gesichtern da, zum Teil bis zur Unkenntlichkeit zerstückelt und von Schmeißfliegen umschwärmt.

Als wir am Abend des nächsten Tages vom Arbeitseinsatz zurück kamen, war der Hof meines Onkels geräumt worden. Leer war die Stätte und wieder einmal mussten wir uns fragen: Wo sind sie geblieben? Auch in dieser Nacht schliefen wir nicht, sondern suchten nach Spuren. Doch es waren ihrer viele und somit nicht einfach, die richtige, nämlich die unseres Fuchses, ausfindig zu machen. Aber es gelang uns. Die Nacht war klar und mondhell. So konnten wir die Spur unseres Fuchses ganz gut verfolgen. Es schien, als würde sie zurück nach Massin führen. Wir folgten der Spur so gut es ging, immer an unsere eigene Sicherheit denkend. Es war überhaupt sehr ruhig in dieser Nacht, so dass Vater immer dem Weg und später der Straße folgen konnte. Auch an der Straßenkreuzung Tornow-Berneuchen und Ludwigsruh-Massin war alles ruhig. Trotzdem erkundete mein Vater erst einmal die Situation auf der anderen Straßenseite. Er winkte und wir setzten schnell über. Ein paar trockene Äste am Boden knackten unüberhörbar und ich hatte das Gefühl, als würde das Blut in den Adern gerinnen. Doch es blieb ruhig. So gingen wir nach einigen bangen Minuten mit klopfendem Herzen weiter. Nach 150 Metern hatten wir die Spur des Fuchses verloren. Mein Vater ging zurück. Nach ein paar Schritten hatte er sie wiedergefunden. Die Spur bog Richtung Tornower Wiesen in einen schmalen Waldweg mit beiderseits dichtem, etwa 20-jährigem, Kiefernbestand ab. Hier fanden wir wieder gute Deckung, so dass nach 50 Metern beschlossen wurde, erst die Morgendämmerung abzuwarten. Als die ersten Sonnenstrahlen den Morgendunst durchbrachen, setzten wir unseren Weg fort. Es waren nur noch einige hundert Schritte, als wir Pferd und Wagen, mit Kiefernzweigen getarnt, erblickten. Der Fuchs war an einen Baum gebunden und begrüßte uns mit seinem Wiehern als Erster. Auch unsere Lieben konnten wir wieder in die Arme nehmen. Sie waren durchgefroren aber glücklich, denn es war lange her, dass sie ohne "russischen Besuch" die Nacht verbracht hatten. Auch uns Ankömmlingen fröstelte es. So machten wir uns gleich an die Arbeit und begannen mit dem Bau von Erdbunkern. Die Älteren gruben und schippten Erdlöcher für unsere, jetzt auf fünf Familien angewachsene Gemeinschaft. Die Jüngsten mussten Heu für den Fuchs und natürlich Wasser besorgen. Die Frauen schleppten Kiefernzweige und Stangen herbei, um den Bunker abzudecken. Nebenbei wurde noch eine Kuh eingefangen, die uns mit

Milch versorgte. Am Abend hatten wir unseren Erdbunker so gut wie fertig. Ein Loch, 2.50 m mal 2.50 m und 1.50 m tief in die Erde, darüber Stangen und Zweige. Die Bedeckung mit Erde ließen wir uns für den nächsten Tag. Kuh und Pferd bekamen noch etwas Sicht- und Windschutz. Alle waren an diesem Tage sehr fleißig. Glücklich konnten wir am Abend unsere neue Behausung beziehen. In dieser Nacht schliefen wir wie die Murmeltiere.
In den letzten Tagen war der Schnee geschmolzen und bei Tage war schon ein Hauch von Frühling zu verspüren. Doch nachts lagen die Temperaturen noch immer einige Grade unter Null. Es war ja auch erst Anfang März. In unseren Erdbunkern war es feucht und kalt. So war es kein Wunder, dass mein jüngster Bruder Hartmut schwer erkrankte. Er war erst zwei Jahre alt und eigentlich immer ein munteres Kerlchen. Doch die Umstände und die Ernährung in den letzten Wochen hatten seine Widerstandskraft gebrochen. Er konnte nicht mehr laufen und auch nicht mehr auf seinen Beinen stehen. Wie ein nasser Lappen hing er in den Armen meiner Mutter. Es war ein furchtbarer Anblick. Die Frauen kümmerten sich jedoch sehr, sehr liebevoll um ihn und immer war eine bereit, ihm die Sonnenstrahlen zu gönnen und ihn warm zu halten. Die Jüngeren holten am nächsten Tag weiter Heu und Wasser herbei. Sie berichteten auch, dass noch einige Kühe auf einer nahen Wiese grasen würden. Ich wurde zum Graben eines Brunnens eingeteilt, denn das Wasserholen war nicht nur mühselig sondern auch ge-

fährlich. Am Abend kamen mein Vater und Onkel Richard mit einem Rind am Seil in unser Camp. Es wurde geschlachtet und enthäutet.

So war unsere Ernährung erst einmal für eine kurze Zeit gesichert. Am nächsten Tag fanden wir in einer Tiefe von etwa 2.50 m Wasser. Das erste Rindfleisch wurde am offenen Feuer gegart. Obwohl es halb verkohlt war, konnte man es gut genießen. Es fehlte nur das Salz. Doch Salz hatten wir nicht und konnten es auch nicht „organisieren". So hielt sich unser Fleischverzehr in Grenzen. Da waren die Kartoffeln aus den Mieten vom Feld schon eher eine Delikatesse. Nachts war es immer noch so kalt, dass die Kartoffeln erfrieren konnten. Dann waren sie zwar süß, schmeckten mir dann immer noch besser als das fade Rindfleisch. Sauerampfer, Brennnessel, Löwenzahn und Hasenklee waren noch nicht so weit, um unsere Mägen zu füllen. Mohrrüben oder Kohlrüben aus den Mieten waren eine delikate Abwechslung im Speiseplan. Aus den Kartoffeln wurde auch so etwas Ähnliches wie Brot gebacken. Jeder Weg zu den Mieten war jedoch ein Wagnis und man musste vermeiden, einen Trampelpfad entstehen zu lassen. Die Frauen und Mädchen bekamen langsam wieder Glanz in ihre Augen. Wie lange würde uns dieses Zigeunerleben wohl möglich sein? Schon einmal waren ganz in unserer Nähe Schüsse zu vernehmen gewesen.

Eines Tages war gegen Mittag schweres Kampfgetümmel zu hören. Es kam immer näher, um sich nach einigen Stunden wieder zu entfernen. Wir hatten nicht gewagt unsere Feuerstelle in Betrieb zu setzen, noch irgendwelche Ausflüge zu unternehmen. Wir blieben in unseren Bunkern. Es war kalt und fing an zu schneien. Als wir am nächsten Morgen aus unseren Löchern krochen, war alles weiß. Kein Lüftchen rührte sich und himmlische Ruhe umgab uns. Im Brunnen hatte sich auf dem Wasser eine dünne Eisschicht gebildet. Heute brauchten wir etwas Warmes. So wurde Feuer gemacht und heißes Wasser bereitet. Man wagte sich nicht zu bewegen wie an den anderen Tagen. Nur keine Spuren hinterlassen war die Devise.

All die Tage hier im Wald hatten wir weder ein Flugzeug gesehen noch gehört. Heute war das anders. So gegen halb neun flog ein russischer „UVD“, eine sog. “Nähmaschine“, über uns hinweg. Es dauerte gar nicht lange, bis wir Russen auf uns zukommen sahen. Sie hatten uns entdeckt. Der Rauch unserer Feuerstelle hatte uns verraten. Die Zeit des Abschieds von unserem Idyll war gekommen. Meinen Vater führten sie gleich ab. Wir durften noch unsere wenigen Habseligkeiten zusammen packen. Den Fuchs requirierten sie und die Kuh mussten wir mitnehmen. Dann trieb man uns zur Straße und weiter Richtung Tornow, also nach Osten. Da mein jüngster Bruder nicht laufen konnte, weil er durch seine Krankheit geschwächt war, trug ihn meine Mutter, in ein Federbett gehüllt, in ihren Armen. Jeder trug sein Bündel und ich musste darüber hinaus die Kuh leiten. Es ging nicht lange gut. Die Kuh wurde immer störrischer, wodurch wir schlecht vorankamen. Sie hatte wohl immer im Stall gestanden und war das Laufen nicht gewöhnt. Die säbelartigen Klauen deuteten jedenfalls darauf hin. Wir waren nicht die einzige Gruppe, die man in Richtung Osten trieb. Immer wieder wurden wir von anderen Gruppen überholt, denn unsere Kuh gab das mögliche Tempo an. Da half auch kein: „Dawei, dawei“, der Russen.

Es war schon später Nachmittag, als ich in einem unbeobachteten Augenblick die Kuh losließ und forttrieb. Jetzt konnte auch ich, ohne das beschwerliche Antreiben der Kuh, meines Weges ziehen. In einer Kurve nutzten wir einen unbeobachteten Augenblick und schlugen uns in die Büsche. Als am Abend die letzten Vertriebenen an uns vorbeigezogen waren und niemand mehr zu sehen und zu hören war, richteten wir unser Nachtlager ein und legten uns zur Ruhe. Der Tag war sonnig und klar gewesen und das Gras, was uns als Unterlage diente, deshalb einigermaßen trocken. Wir lagen dicht an dicht, der Magen knurrte und die Sterne funkelten. Jeder hing seinen Gedanken nach. Ich dachte an meinen Vater. Morgen hätte er seinen 43. Geburtstag feiern können. Wie wird es ihm ergangen sein? Sicher dachte er auch an uns und stellte sich die gleiche Frage. Was würde uns der morgige Tag wohl bringen? Die Angst und die Kälte der Nacht wurden langsam unerträglich und doch schlief ich ein.

In der Nacht hatte es geschneit, ohne dass ich es bemerkt hatte. Der Schnee dämpfte alle Geräusche. So war auch das

Zähneklappern nicht zu hören. Es war noch dunkel, als ich erwachte. Die meisten hatten sich schon von ihrem Nachtlager erhoben und versuchten, ihre steifen Glieder durch Bewegung wieder gelenkig zu machen. Ich zitterte wie Espenlaub am ganzen Körper und war froh, als die Sonne aufging und mit ihren Strahlen die kleine Lichtung, auf der wir genächtigt hatten, langsam erwärmte. Der Schnee schmolz schnell und schon bald brachen wir auf. Unser Ziel war die Försterei Birklake. Doch war mir der Weg dorthin ganz aus meinem Gedächtnis verschwunden. Irgendwie hatte die vergangene Nacht ihre Spuren hinterlassen. Heimatlos, halb erfroren, hungrig und durstig, der Vater fort. Das war für einen 14-jährigen Jungen doch zuviel. In der Försterei hatten sich ca. 70 bis 80 Personen einquartiert. Wir fanden in der Schirrkammer Zuflucht. Wir hatten ein Dach über dem Kopf und eine Strohunterlage als Ruhestätte. Ein Ofen spendete uns wohltuende Wärme. Kartoffeln, Rüben und Möhren als auch andere Vorräte waren reichlich vorhanden. Die Tage und Nächte wurden frühlingshaft. Die Sonne verwöhnte uns. Das tat allen gut nach der wochenlangen Bedrängnis. Das Glück dauerte nicht lange. Schon am dritten Tag unseres Aufenthaltes in der Försterei begannen wieder die Besuche unserer russischen „Befreier". Die Vergewaltigungen wurden immer unmenschlicher. Am helllichten Tag wurde meine Mutter von russischen Soldaten vierzehn Mal vergewaltigt. Trotz heftiger Gegenwehr und der Behauptung, Syphilis zu haben, konnte sie dem Martyrium nicht entgehen.

Ein russischer Arzt, der sie untersuchte, fiel als erster über sie her. Meinen jüngsten Bruder Hartmut nahmen sie als Geisel. Uns hielt man mit Maschinenpistolen in Schach. In brutalster Weise folgten die anderen dem Arzt. Meine Mutter wehrte sich so gut sie konnte, sie schrie um Hilfe, sie blutete, sie wimmerte. Als sie apathisch und bewegungslos alles über sich ergehen ließ, griff mein Großvater in seiner Verzweiflung zu einer in der Ecke stehenden Axt. Die dabei stehenden Russen schlugen ihn nieder, ließen dann aber von ihrem Tun ab. Mit dem Spruch: „Woina prima, woina gut, Magda doma, Pan kaputt", gingen sie frohgelaunt ihres Weges. Ob sie wohl wussten, was sie taten?

„Des Menschen größter Feind ist der Mensch!" Dieses Zitat stammt nicht von mir, doch ich begann es zu begreifen.

Nach Stunden unserer Bemühungen um sie, kamen meine Mutter und mein Großvater wieder zu sich. Beide waren nur knapp dem Tode entronnen und die Demütigung von uns allen war perfekt.

Als am Abend wieder eine Horde Russen erschien, war auch ein junger Russe dabei, der etwas deutsch konnte. Die Stimmung unter uns war gereizt und aggressiv. Er verstand unseren Zorn und wies sich als Komsomolze aus. Auch er verurteilte das Tun seiner Kameraden und beteuerte, Abhilfe zu schaffen. Die Russen zogen ab, ohne ihr schändliches Vorhaben durchgeführt zu haben. Der junge Russe hielt Wort. Am nächsten Vormittag erschien er allein und erklärte sein Vorhaben. Die ihm vertrauenden Frauen und Mädchen sollten sich seiner Obhut anvertrauen und mit ihm gehen. Erst war es nur eine kleine Gruppe, die ihm glaubte. Doch als am nächsten Morgen die Zurückgekehrten berichteten, dass ihnen nichts geschehen war, gingen alle mit und waren somit dem Zugriff der „Untermenschen“ entzogen. Als er eines Tages nicht mehr erschien, begann die Not der Frauen und Mädchen von neuem. In all den Nachkriegsjahren habe ich oft und dankbar an diesen Komsomolzen gedacht. Ein junger Russe war, trotz all der furchtbaren Erfahrungen im Krieg, ein Mensch geblieben.

In den nächsten Tagen holten die Russen meine Tante, meinen Onkel und meine Großeltern zur Vernehmung ab. Tags darauf kehrten Onkel und Tante zurück und erklärten dass die Großeltern auch gleich kommen würden. Ihr Bericht war von vielen Ungereimtheiten durchsetzt. Wir zweifelten an ihrer Rückkehr. Der Verdacht, dass man die Großeltern als Geisel festgehalten hatte, kam in uns auf und sollte sich drei Tage später bestätigen. Mein Großvater kam allein zurück. Großmutter war in dem dunklen, nassen und kalten Keller, in den man die alten Leute gesperrt hatte, gestorben. Und auch ein anderer Verdacht bestätigte sich. Tante und Onkel sollten Spitzeldienste leisten und die Großeltern dienten als Druckmittel. Der Gedanke, bespitzelt zu werden, war unerträglich.

Auf Umwegen erfuhren wir, dass Frau Rauch, die Mutter zweier Mädchen aus unserer Gruppe, in Massin in der rus-

sischen Kommandantur als Wäscherin tätig war. Die Mädchen, 15 und 17 Jahre alt, sehnten sich nach ihrer Mutter. Auch uns zog es nach Hause, seit wir wussten, dass wir Spitzel unter uns hatten. Mit einer kleinen Gruppe wagten wir die Verhältnisse in Massin zu erkunden. Anna Leese, Anna Hanf, die zwei Mädchen und ich machten uns auf den Weg. Nach ein paar Stunden erreichten wir ohne Zwischenfall Massin. In der Kommandantur, die in der Gastwirtschaft Karl Roll eingerichtet war, meldeten wir uns. In dem kleinen Haus von Rolls war die Wäscherei der Russen eingerichtet. Waltraud und Erika hatten ihre Mutter wiedergefunden und waren überglücklich.
Für mich begannen jedoch dunkle Zeiten. Denn während sich die drei Rauchs noch über ihr Wiedersehen freuten, nahmen mich zwei Russen mit dunkelgrünen Kragenspiegeln in Empfang und führten mich in das der Kommandantur gegenüber liegende Gebäude. Ein böses Verhör begann. Sie führten mich in den Hof. Hier schlugen sie mich mit einer Nagaika und mit Fäusten. Dann ging es wieder ins Haus zum weiteren Verhör. Doch ich konnte ihren Wissensdurst nicht stillen. Ich wusste keine Antworten auf ihre Fragen und was ich sagte, glaubte man mir nicht. Gegen Abend führte man mich, zerschlagen und zerschunden, in den Hof der Gastwirtschaft von Karl Roll und ermahnte mich, in der Nacht ein wenig nachzudenken. Dann stießen sie mich ein paar Stufen die Kellertreppe hinunter. Hier landete ich auf den Leibern anderer Gefangener. In diesem Keller hausten

etwa zwei Dutzend Männer verschiedenen Alters, alles Zivilisten. Auch sie erwarteten weitere Verhöre. Die Stimmung war gereizt, keiner traute dem Nachbarn. Nur widerwillig rückte man zusammen, damit ich auch ein Lager finden konnte. Ich war der jüngste Gefangene unter ihnen. Als es schon dunkel war, stieß man noch einen Gefangenen in den Keller. Während des ganzen Tages hatten wir weder zu Essen noch zu Trinken bekommen. Der Durst war unerträglich. So wurden die unter uns liegenden Kartoffeln mit den Fingernägeln gepellt und so im rohen Zustand verzehrt. Das hatte wiederum verhängnisvolle Auswirkungen auf den Stuhlgang. Doch die Russen ließen uns nicht austreten. So kratzte man in die Kartoffeln unter sich ein Loch. Es stank bestialisch. Wir hatten aber keine andere Möglichkeit. Am nächsten Tag reichte man uns eine 2-Liter Milchkanne mit Wasser. Davon bekamen die an der Treppe Liegenden zwar nasse Hände und Kleidung, doch niemand hatte auch nur einen Tropfen an den Mund führen können. Wieder gab es weder Essen noch Trinken. Es blieben uns also wieder nur die Kartoffeln.

Am Morgen des nächsten Tages holte man den Zuletztgekommenen gegen 9.00 Uhr zum Verhör. Es war ein 16-jähriger Junge, der, aus einem WE-Lager kommend, aufgegriffen wurde. Er wollte sich mit Hilfe einer Landkarte nach Hause durchschlagen. Der Besitz dieser Landkarte wurde sein Verhängnis. Nach etwa einer Stunde rammten die Russen, etwa 5 m von unserem Keller entfernt, vier Pflöcke in den Boden. Niemand von uns konnte sich einen Reim darauf machen, wozu diese Pflöcke dienen sollten. Kurze Zeit danach brachten die Russen (GPU) den Jungen nach dem Verhör zurück auf den Hof. Vor unserem Kellerfenster stießen sie ihn nieder und banden seine vier Glieder an die zuvor eingerammten Pfähle fest. Drei Russen mit dunkelgrünen Spiegeln an ihren Kragen traten und schlugen auf ihr wehrloses Opfer mit aller Brutalität und Wollust ein, bis es kein Lebenszeichen mehr von sich gab. Er war tot, doch das reichte dem Kommissar noch nicht. Er ging zu dem Jungen und zertrat mit dem Absatz seiner Stiefel auch noch das Gesicht. Der 16-jährige Junge hatte es überstanden! Man ließ ihn noch einige Zeit vor unserem Kellerfenster liegen, bevor man ihn losband und fortschleifte. Unter uns wagte, beim Anblick dieser Prozedur, kaum noch einer zu atmen. Das Grauen hatte für diesen jungen Menschen ein Ende. Doch was würde uns noch erwarten? Sie ließen uns an diesem Tag in Ruhe, gaben uns aber weiter weder zu Essen noch zu Trinken. Jeder hing stumpfsinnig seinen Gedanken nach. Kein Wort kam über unsere Lippen. Auch der immer schlimmer werdende Gestank reizte niemanden mehr.

Die Sonne ging unter, die Sonne ging wieder auf. Was würde der neue Tag wohl bringen? Es gab auch an diesem Morgen weder etwas zu Essen noch zu Trinken. Gegen 9.00 Uhr rief man mich aus dem Keller und führte mich über die Straße zur GPU. Apathisch und mit weichen Knien ging ich ihnen voraus. Die Beine taten in allen Gelenken weh, weil ich mich in den letzten drei Tagen nicht aufrecht hatte stellen können. Denn von den Kartoffeln bis zur Kellerdecke waren es höchstens 1.20 m. Die Sonne blendete mich und doch tat sie gut. Es war ein wunderschöner Frühlingsmorgen und trotzdem wagte ich nicht, mich daran zu erfreuen. Im Hof der GPU hieß man mich, stehen zu bleiben. Aus dem Gebäude traten drei Soldaten mit den besagten dunkelgrünen Spiegeln heraus. Sie waren feldmarschmäßig ausgerüstet. Sturmgepäck und Maschinenpistole umhängend, so führten die drei mich ab, ohne mich noch einmal zu verhören. Es ging zum Dorf hinaus, Richtung Tornow. Größtenteils führte unser Weg durch den Wald. Wenn sich unterwegs irgend etwas bewegte oder Geräusche zu hören waren, sei es auch nur eine Eidechse im trockenem Laub, rissen meine Bewacher ihre Maschinenpistolen von den Schultern und gaben einige Salven in die entsprechende Richtung ab. Mir wurde bei dieser Hantiererei oft mulmig, denn einige Kugeln verfehlten mich nur um Zentimeter. War es ihre Lust am Schießen? Hatten sie Angst? Ich weiß es nicht! Ich hatte jedenfalls Angst wegen ihrer unkontrollierten Schießerei mit den Maschinenpistolen. Nach einiger Zeit lichtete sich der Wald und wir kamen in offenes Gelände. Ich kannte mich hier nicht aus. Vor uns lag ein Dorf, es war aber nicht Tornow. Die Häuser lagen weit verstreut. Meine Begleitung hatte ihre Schuldigkeit getan, als sie mich bei der dort ansässigen GPU-Stelle abgeliefert hatten. Sie begaben sich auf den Rückweg.

Nach kurzem Verhör öffnete man eine Luke im Fußboden und stieß mich hinunter. Unten fing mich jemand auf und stellte mich auf die schmerzenden Beine. Ich schaute mich um. Es war ein richtiges Verlies. Etwa 2.50 m x 2.50 m und etwa 2.20 m hoch. Kein Fenster, kein Licht und keine frische Luft. Auch hier stank es fürchterlich. Es war nass und kalt, der Boden glitschig und nur mit wenig halbfaulem Stroh bedeckt. Brotkrusten, Kartoffelschalen und sonstiger Abfall hatten sich mit dem Stroh vermischt. All das quatschte unter den Füßen. Eine Leiter führte nach oben. Der Platz reichte für uns acht Mann nicht aus. Wir konnten uns nicht hinlegen. All das Ungemach konnte ich aber erst entdecken, als der nächste Mann nach oben beordert wurde und die Luke sich für kurze Zeit öffnete. Zu essen gab es auch hier nichts, außer dem, was die Herren da oben als Abfall ansahen und einfach in unser Verlies kippten. Doch zum Trinken gab es sowohl Wasser als auch schwarzen Tee. Einige von uns wurden noch an diesem Tag verhört. Alle berichteten nach ihrer Rückkehr von Schlägen und Fußtritten. Einer kam blutüberströmt zurück, man hatte ihn mit dem Gewehrkolben auf den Kopf geschlagen und er hatte dadurch eine große Platzwunde davon getragen. Seine Schädeldecke hatte jedoch standgehalten. Ein älterer Leidensgenosse, etwa 60 - 65 Jahre alt, versuchte mich zu trösten. Doch meine Angst wurde immer größer, je mehr er mich zu trösten versuchte.

Am dritten Tage wurde auch ich hinaufgerufen. Meine Knie waren steif und schmerzten nach dem tagelangen Stehen.

Die Leiter war glitschig, doch meine Leidensgenossen halfen mir, sie zu erklimmen. Im Vernehmungsraum stand ich drei GPU-Offizieren, die an einem Schreibtisch saßen, gegenüber. Zwei Soldaten bewachten hinter mir die Tür. Das Verhör begann. Sie fragten mich nach meinen Personalien, meiner Herkunft, ob ich dem Werwolf angehört hätte, wo mein Vater sei und so weiter. In meinen Augen alles belangloses Zeug. Dann fragten sie mich, ob ich der „Hitlerjugend“ angehört hätte. Als ich diese Frage verneinte, verspürte ich einen heftigen Schlag in die Nierengegend, der mir die Luft nahm. Nachdem ich wieder atmen konnte, erklärte ich, dass es zwar üblich gewesen sei, nach Vollendung des 14. Lebensjahres der Hitlerjugend beizutreten, doch dass ich Jahrgang 30/31 sei und somit noch dem Jungvolk angehörte. Einer der drei am Schreibtisch sitzenden blätterte in einem dicken Buch, dann besprachen sie sich und ließen mich von den hinter mir stehenden Posten abführen. Ich kam zurück ins Verlies.

Der Nächste von uns wurde zum Verhör aufgerufen. Obwohl ich Schmerzen hatte, war ich froh, die Vernehmung ohne Folter überstanden zu haben. Um so abscheulicher empfand ich plötzlich den Gestank in unserem Verlies. Ich musste mich erbrechen. Doch es war nur ein Würgen, da der Magen leer war. Die Schmerzen in der Nierengegend verspürte ich jetzt umso stärker. Ich weinte, ohne eine Träne zu vergießen. Nach einiger Zeit hatte ich mich wieder an die Umstände gewöhnt und verfiel in eine gewisse Stumpfsinnigkeit. Oft fragte ich mich in dieser Nacht, warum ich die Möglichkeit auf dem Feldflugplatz nicht genutzt und meinem Leben ein Ende gesetzt hatte. So hätte der Tod wenigstens einen Sinn gehabt. Was war aus mir geworden? Welche Schuld hatte ich persönlich als gerade 14-Jähriger an diesem Krieg? Werde ich meine Angehörigen noch einmal sehen?

Als sich die Luke wieder einmal öffnete und mein Name aufgerufen wurde, war ich verzweifelt. Beim Aufstieg rutschte ich von der zweiten oder dritten Sprosse ab, doch die Leidensgenossen halfen mir nach oben.
Zwei Wachen stellten mich auf die Beine und gaben mir Tee zu trinken. Dann führten sie mich in den Vernehmungsraum. Hinter dem Schreibtisch saßen die drei GPU-Offiziere und kramten in ihren Unterlagen. Vor dem Schreibtisch durfte ich mich auf einen Stuhl setzen. Alle Ängste der Welt bemächtigten sich meiner. Die Fragen vom letzten Verhör wurden erneut gestellt. Apathisch gab ich meine Antworten. Doch dann stellten sie mir plötzlich Fragen zu meinen Nachbarn. Ihre Namen, ihre Frauen und Kinder, sowie deren Berufe und Tätigkeiten wollten sie wissen und ob die Nachbarn der NSDAP oder einer ihrer Gliederungen angehörten. Ich konnte aber auf diese Fragen keine Antwort geben, weil ich erst vor einigen Wochen aus einer Erziehungsanstalt zurückgekommen war. Dass es sich dabei um eine NPEA (Nationalpolitische Erziehungsanstalt) gehandelt hatte, gab ich natürlich nicht preis.

Der Ton der Offiziere wurde aber deutlich barscher und rüder. Sie schlugen mich und drohten mir, dass ich diesen Raum nicht lebendig verlassen würde, falls ich mich nicht besinnen würde. Ich hatte unbeschreibliche Angst und wusste auch, dass sie es ernst meinten und keine Skrupel hatten einen 14-jährigen Jungen zu erschlagen. Ich ahnte, dass es aus mit mir ist. In meiner Not fiel mir unsere Nachbarin Frieda Sasse ein: Sie hatte kurz nach dem Einmarsch der Russen eine versprengte Gruppe deutscher Soldaten, die hinter der Front versuchten ihre Einheit wieder zu finden, beherbergt und verpflegt. Frieda Sasse hatte sich das Leben genommen. Sie hatte Essigessenz getrunken. Drei Tage starb sie einen qualvollen Tod. Vom Ableben unserer Nachbarin erzählte ich ihnen jedoch nicht. Auf einmal waren die Mienen meiner Peiniger sehr freundlich. Sie gaben mir sogar von ihrem gesüßten Tee und reichten mir von dem knochenharten, getrockneten Gerstenbrot. Es schmeckte mir köstlich. Ich durfte sogar einige Stücke von diesem Brot in meine Hosentaschen stecken. Am Schreibtisch diskutierten die drei noch miteinander, dann füllten sie ein Formular aus, überreichten es mir und ich durfte meines Weges ziehen.

Wohin sollte ich mich nun wenden? Meine Angehörigen hatte ich zum letzten Mal in Birklake gesehen. Also wandte ich mich dorthin. Es war ein herrlich sonniger Tag. Die Birken zeigten ihr erstes zartes und frisches Grün. Es war warm, und die Waldameisen waren emsig damit beschäftigt, ihre

Bauten zu renovieren. Vor einer Stunde hätte ich noch nicht geglaubt, all diese Herrlichkeit noch einmal zu sehen. Der Durst quälte mich unsagbar und ich war schon versucht, aus einer Pfütze zu trinken. Doch beim Anblick der grünenden Birken kam mir der Gedanke, diese Birken anzuritzen. Nachdem ich eine scharfe Steinscherbe gefunden hatte, tat ich es auch. Das Birkenwasser quoll zwar langsam hervor, doch meinen größten Durst konnte ich auf diese Weise stillen. Nach etwa einer Stunde ging ich weiter und kurz danach erreichte ich die Försterei Birklake. Die Gebäude waren alle niedergebrannt und leer war die Stätte. Es war still und nur die Vögel sangen ihr Liebeslied. Doch an der Außenwand der Schirrkammer fand ich ein Zeichen, mit Holzkohle geschrieben: „Wir sind nach Massin".

Ich hielt mich nur kurz in Birklake auf und wandte dann meine Schritte Richtung Massin. Den Weg kannte ich, doch es war Mittagszeit und die Russen aus ihren Wodkaträumen erwacht und somit häufiger unterwegs. Ihnen wollte ich so schnell nicht wieder in die Hände fallen! Immer Deckung suchend, erreichte ich am späten Nachmittag Massin. Doch unsere Höfe auf dem Rosengarten - Leeses, Sasses und auch unser Grundstück - waren während unserer Abwesenheit von den Russen abgefackelt worden. So ging ich ins Dorf, weil ich hoffte, von Frau Rauch oder deren Töchter Erika und Waltraud etwas über den Verbleib meiner Angehörigen zu erfahren. Vergebens! Noch bevor ich diese zu Gesicht bekam, hatten mich die "Genossen" von der GPU schon wieder festgesetzt. Es ging aber alles gut. Ich zeigte ihnen den Zettel von Liebenow und nachdem sie sich dort telefonisch vergewissert hatten, ließen sie mich gehen. Ich musste mich bei der russischen Kommandantur melden und erst dann konnte ich Frau Rauch befragen. Der Tag neigte sich schon, als ich meine Mutter und meine Brüder im Haus von Otto Müller auf dem Massiner Teerofen wiederfand. Müde, hungrig, dreckig und verlaust, aber glücklich, konnten wir uns wieder einmal in die Arme nehmen. Mit wehmütigen Gedanken an meinen Vater und mit knurrendem Magen schlief ich auf dem Strohlager ein.

Als ich am nächsten Morgen erwachte, war es schon hell und meine Mutter und Erna Müller, die Tochter von Otto Müller, waren schon auf dem Feld zur Frühjahrsbestellung für die Russen oder Polen. Letztere hatten auch eine Kommandantur etabliert. Beide Kommandanten waren sich nicht gerade gut gesonnen. So galt es, sich mit Geschick und Diplomatie zu bewegen, doch darin war unsere Mutter während des Krieges schon eine Meisterin geworden. Wer auf dem Feld arbeitete, bekam am Abend 150 Gramm Haferschrot. Unsere Mutter kam aber jeden Abend mit 500 Gramm nach Hause. Es war zwar wesentlich mehr, als ihr zustand, aber doch zu wenig für fünf hungrige Münder. So mussten wir Jungs während des Tages irgend etwas zur Ernährung beitragen. Schon am nächsten Tag machten wir uns auf die Suche nach etwas Essbarem. Wir begaben uns zu den Ruinen unseres Hauses und legten den Keller frei. Die meisten

Gläser mit Eingemachtem waren kaputt, einige wenige hatten den Brand aber unbeschadet überstanden. Dann fanden wir noch einen Sack mit etwa 25 Kilo Speisesalz. Es war zwar gesintert und hart wie Stein, aber es war Salz. Mit einem Hammers konnten wir es aber zerkleinern. Wir waren sehr stolz auf unseren Fund. Unsere Mutter konnte sich nicht so ganz freuen, ihre Miene schien sehr sorgenvoll. Aber froh war sie sicherlich, denn Salz war in dieser Zeit eine Kostbarkeit.
Tags darauf zogen wir wieder zum Rosengarten. Die vergrabene Jolante wollten wir suchen. Stein um Stein räumten wir den Schafstall frei und beseitigten den restlichen Schutt. Wir gruben den ganzen Boden um, doch von den Milchkannen mit unserer Jolante konnten wir nichts finden. Irgend jemand war sicher so froh, sie entdeckt zu haben, wie wir traurig waren über ihren Verlust. Am nächsten Tag ging es wieder auf die Pirsch. Nach wenigen Schritten im Wald entdeckten wir ein totes Pferd. Es war dick aufgedunsen, stahlblaue Fliegen umsummten den Kadaver und Maden krochen an den Augen und Nüstern. Wir haben nicht lange gezögert und aus dem oben liegenden Hinterschinken einen großen Batzen herausgeschnitten. Dann eilten wir zum Teerofen. Die Stahlblauen begleiteten uns noch ein Stück des Weges. Bei Müllers setzten wir die Kochmaschine in Gang, wuschen das Fleisch und legten es in ein Tuch, damit die Fliegen nicht mehr heran konnten. Als unsere Mutter von der Feldarbeit nach Hause kam, begutachtete sie unsere Beu-

te. Sie befand sie für gut. Das Fleisch wurde durch den Fleischwolf gedreht und gewürzt, zu Frikadellen geformt und in der Pfanne lange und stramm gebraten. Die ganze Küche war verpestet, es stank fürchterlich. Doch wir haben es uns munden lassen. Selbst unserer Mutter hat es geschmeckt und das sollte schon etwas heißen. Früher hätte sie nicht einmal mehr eine Pfanne benutzt, wenn darin schon einmal Pferdefleisch gewesen war. Wir waren jedenfalls alle einmal richtig satt und es reichte noch für den nächsten Tag. Als ich auf meinem Strohlager lag, hatte ich doch so meine Bedenken, hatte ich doch einmal von einer Leichenvergiftung gehört. Am nächsten Morgen waren alle wohlauf. Niemand hatte sich vergiftet, niemand hatte eine Magenverstimmung. Nur Läuse plagten uns.

An diesem Morgen, meine Mutter war schon zur Arbeit, kamen zwei Russen und forderten mich auf mitzugehen. An der Kommandantur warteten schon drei Panjewagen auf uns, jeweils mit einigen Bunden Stroh, Taschen und Säcken beladen. Auch drei alte Russen und zwei deutsche Jungen in meinem Alter warteten schon auf uns. Aus der Kommandantur reichte man uns Verpflegung und es hieß: Aufsteigen. Jeweils ein alter Russe und ein deutscher Junge auf einen Wagen. Dann setzte sich der Konvoi in Bewegung. Über Feldwege und Nebenstraßen ging unsere Fahrt im Zuckeltrab in Richtung Osten, immer an den Dörfern vorbei. Ich konnte nicht sagen, wohin die Reise ging. Die Russen ga-

ben keine Auskunft. Nur der Sonnenstand konnte mir in etwa die Richtung unserer Reise aufzeigen. Es ging gen Osten. Die alten Russen behandelten und verpflegten uns gut. In dem Stroh lag man auch ganz bequem und die Sonne meinte es auch gut mit uns. Nur nachts war es noch empfindlich kühl, trotz zweier Decken und Strohlager.
Abends suchten wir einen etwas windgeschützten und doch freie Sicht bietenden Ort auf, spannten unsere Panjepferdchen aus, banden ihnen die Vorderfüße mit Stricken zusammen und ließen sie grasen. Morgens sammelten wir sie wieder ein, spannten sie vor den Wagen und im Zuckeltrab ging es weiter. Am 2. Tag umfuhren wir einen Ort, den ich nur vom Hörensagen kannte. Es war Jahnsfelde, östlich von Landsberg. Hier hatte der Bruder meines Vaters, Onkel Georg, seinen Hof. Doch es ging weiter. Die Russen verpflegten uns weiterhin gut und versuchten uns, die russische Sprache und das Rauchen beizubringen. Doch das Herstellen einer „Papirossa“ aus dem Papier der Prawda und mit Marchorka ist mir nie gelungen. Mein russischer Begleiter hat sich darüber immer köstlich amüsiert. Am dritten Tag überquerten wir an einer Furt die Warthe. Südost war nun unsere Richtung. Dreimal täglich aßen wir mit den Russen zusammen. Nachts schliefen wir mit ihnen im Panjewagen. So hatte ich mir immer das Leben der Zigeuner vorgestellt. Der Russe im Wagen war fast wie ein Vater zu mir. Selbst Kautabak und den von ihm so geliebten Wodka bot er mir an. Doch diesen zwei Dingen konnte ich keinen Geschmack abgewinnen und eigentlich

war er auch froh darüber. So konnte er doch seinen über alles geliebten Wodka selbst verbrauchen.
Nach etwa einer Woche hatten wir unser Ziel erreicht. Wir fuhren in ein Dorf und dort auf einen großen Hof. Offensichtlich ein jetzt polnisches Gestüt. 15 Pferde wurden ruck, zuck eingefangen und mit aus Stricken hergestellten Halftern versehen. Jeder von uns Jungs bekam fünf Pferde zum Geleiten. Nach etwa zwei Stunden verließen wir den Hof der Polen. Einige Salven aus ihren Kalaschnikows mussten die Russen aber doch abgeben, um uns die Polen vom Leib zu halten, denn sie lehrten uns mit ihren Mistgabeln das Fürchten. Wir entkamen aber mit unserer Beute, den fünfzehn Pferden. Am Abend waren unsere Russen sehr stolz auf uns.
Nachdem wir den Pferden die Vorderfüße zusammengebunden hatten, konnten wir sie in Ruhe grasen lassen. An Schlafen war an diesem Abend nicht zu denken. Unsere Begleitung hielt uns stets auf Trab, um die Pferde beisammen zu halten. Die Nacht war stockfinster und sternenklar. Ich war froh, als es hell wurde und ich meine fünf Pferde beisammen hatte und wir weiter zogen. Essen und Trinken wurde jetzt zwischendurch von unseren Russen gereicht. Erst abends, wenn die Pferde wieder grasten, konnten wir in Ruhe eine Mahlzeit zu uns nehmen. Nachts bekamen wir sehr wenig Schlaf.
Nachdem wir die Warthe durchquert hatten, kamen unsere Begleiter auf eine neue Idee. Hatten wir bisher die Pferde

einzeln an langen Stricken und nebeneinander geführt, so wurden jetzt fünf Pferde hintereinander gebunden. An den Schweif des vorausgehenden Pferdes wurde das Halfter des nachfolgenden gebunden und so weiter. Dadurch sollten unsere Hände geschont werden, denn diese waren inzwischen nicht nur blau, sondern sie bluteten auch stark. Doch diese Methode hatte sich schon nach kurzer Zeit als unbrauchbar erwiesen und die bis dahin relative Ruhe der Viecher war dahin. Sie wurden störrisch und rissen sich dabei die Schweifhaare aus und auch die Haut am Schweifansatz wurde übel verletzt. Auch nachdem sie ihre alte Formation wieder eingenommen hatten, blieben sie jetzt trotzdem sehr empfindlich und gereizt und dadurch unberechenbar. Doch es ging weiter.

Als wir nach etwa 14 Tagen beschwerlichen Fußmarsches in Tornow die Pferde ablieferten waren unsere Hände das rohe Fleisch. Die Seile, mit denen wir die Pferde geführt hatten, waren durch die Hände und Handgelenke gezogen worden und hatten die Haut verbrannt und abgeschürft. Mit schmerzenden und blutenden Händen kehrte ich nach Massin zurück. Es dauerte noch einige Tage, bis die schlimmsten Wunden verheilt waren. Einige fingen auch an zu eitern. Auch meine Geschwister hatten unter eitrigen Geschwüren zu leiden. Es waren wohl auch die Läuse und die fehlenden sanitären Möglichkeiten. Mit Kochen und Bügeln der Wäsche und der Kleidung war den Plagegeistern kaum beizukommen. Im Gegenteil. In frischer Wäsche fühlten sich die

Läuse scheinbar wohl und wurden putzmunter. Zum Glück hatte ich weniger unter den Plagegeistern zu leiden, Anscheinend schmeckte ihnen mein Blut nicht sonderlich gut. Doch meine Mutter und meinen Bruder Alfred (Teddy) haben sie fast aufgefressen.

Einige Tage hatten mich die Russen in Ruhe gelassen, doch dann holten sie mich zu einem weiteren Raubzug ab. Dieses Mal galt es Kühe zu requirieren. Wieder ging es ostwärts. Das leichtfüßige Getrappel der Panjepferdchen war wie Musik im Ohr und ich dachte jetzt schon an den Rückzug. Meine Gefühle waren zwiespältig. Einerseits war die Fahrt mit dem Panjewagen sehr angenehm, andererseits dachte ich an den Rückweg mit den Kühen. Die Russen waren freundlich wie beim Pferdetransport, sie ernährten uns und sorgten für unser Wohlbefinden. Auch die verbliebenen Wunden vom letzten Transport verbanden sie liebevoll. Nach einigen Tagen war unser Ziel erreicht.

Auch diesmal war es ein großer Stall mit etwa einhundert Kühen und Rindern. Fünfzehn Stück wurden losgebunden und aus dem Stall getrieben, während die Polen mit Mistgabeln versuchten, sich zur Wehr zu setzen. Einer der Russen überreiche den Polen ein Stück Papier und wir zogen los, diesmal ohne Schießerei. Die Kühe gingen willig, aber immer wieder grasend. Wir kamen dadurch nur mühsam voran. Von Tag zu Tag ging es langsamer und wir mussten die Kühe immer mehr antreiben. Dabei brachen sie häufiger aus der Herde aus und es war sehr schwer, sie wieder zur

Herde zu treiben. Immer öfter mussten unsere russischen Begleiter mithelfen. Es waren Kühe aus dem Stall und ihre Klauen waren säbelartig nach oben gebogen. Sie waren das Laufen nicht gewohnt. Nach etwa der halben Strecke legte sich eine Kuh nieder und wollte nicht mehr aufstehen. Auch die schlimmsten Torturen wie Schläge, Fußtritte, Feuer unter dem Leib und Messerstiche konnten sie nicht dazu bewegen, noch einmal aufzustehen. Da die Russen wohl die Order hatten, die Kühe tot oder lebendig abzuliefern, wurde die Kuh geschlachtet und auf einen Panjewagen geladen. Auf dem letzten Teil unseres Viehtriebes mussten wir noch drei Kühe schlachten. Es war für mich jedes Mal ein fürchterlicher Anblick. Ich war heilfroh, als wir nach vier Wochen Tornow erreichten und unsere Kühe abgeliefert hatten. Jeder von uns Jungs wurde noch mit Rindfleisch entlohnt, dann durften wir nach Hause gehen. Ich war übermüdet, die Füße taten weh und ich war froh, als ich wieder heimatliche Gefilde betrat.

Als Mutter am Abend vom Feld kam, konnte sie uns endlich alle wieder richtig satt machen. Diese Tage waren leider zu selten. Auch mein Empfang war diesmal herzlicher. Sie hatte wohl nicht mehr mit meiner Heimkehr gerechnet.

Es war jetzt schon warm. Die Kartoffeln und die Saaten waren in der Erde, es gedieh alles prächtig. Es war die Zeit der Heuernte, also Ende Juni. Eines Abends erschien der russische Kommandant und erklärte uns, dass wir am nächsten Morgen Massin zu verlassen hätten - und zwar endgültig.

Fünfzehn Kilo Gepäck pro Person dürfe jeder mitnehmen. Einen Kinderwagen für den jüngsten Bruder und einen Leiterhandwagen besaßen wir noch. Wir hatten noch die Federbetten und etwas Wäsche, die wir am Wegesrand aufgelesen hatten, zu transportieren

Als es hell wurde und wir uns schon auf den Weg machten, kam der polnische Kommandant und versuchte uns zurückzuhalten. Der russische Kommandant herrschte uns jedoch zum Weitergehen an: „Dawei, dawei!" Ein letzter Blick auf Massin und dann rasselte der Handwagen über das Kopfsteinpflaster Richtung Vietz. Etwa fünfzehn Familien begleiteten uns mit ihren Habseligkeiten. In Vietz erreichten wir die Reichsstraße 1. Hier reihten wir uns in den scheinbar unendlichen Elendstreck nach Westen ein. So weit man sehen konnte, nur erbarmungswürdige Gestalten, die bemüht waren, nach Küstrin über die Oder zu kommen. Viele alte Frauen und greise Männer saßen oder lagen am Straßenrand, hungrig, geschunden und am Ende ihrer Kräfte. Viele von ihnen haben das westliche Ufer der Oder sicherlich nicht mehr erreicht und sind, wie Tausende von ihnen, am Straßenrand gestorben.

Niemand kümmerte sich um die Toten, niemand vertraute ihre Leiber der Mutter Erde an. Leichengeruch hing überall in der Luft. Bei Tamsel überfiel uns dann noch polnische Reiterei. Sie räumten alle Wagen und Taschen auf der Suche nach Wertsachen aus. Apathisch ließen wir alles über uns ergehen und sammelten anschließend unsere verbliebenen

Sachen wieder ein. Langsam setzte sich der Treck wieder in Bewegung.
Von Küstrin war nur noch ein Trümmerhaufen zu sehen. Der Verlauf der Straße war nur zu erahnen und so zogen wir den anderen hinterher. Als wir die Oder schon im Blick hatten, wurden wir von den Russen wieder zurückgetrieben. Das Chaos war perfekt! Wir kamen jedoch nicht weit. Die Russen suchten plötzlich Gespannführer für ihre Panjewagen. Man fischte mich aus der Menge heraus und sie waren auch bereit, zwei meiner Brüder und meine Mutter als Gespannführer zu akzeptieren. Frau König (Frau des Forstmeisters aus Massin) mit ihrer Schwester, die sich uns angeschlossen hatten, durften mitfahren. Sie hatten angedeutet, dass sie noch einen goldenen Armreif hätten und diesen als Lohn für die Oderüberquerung opfern würden. Unsere Sachen, einschließlich Kinderwagen, Handwagen und Karren waren schnell verladen. Dann fuhren wir unbehelligt im Zuckeltrab auf der hölzernen Notbrücke über die Oder. Nach etwa fünfzehn Kilometern bog unser Konvoi rechts von der Straße ab und hielt nach weiteren 150 Metern auf einem Bauernhof. Die Panjepferdchen wurden ausgespannt, mit Heu versorgt und wir durften in der Scheune Quartier beziehen. Als es dunkel war, kamen zwei Russen um sich ihren Lohn abzuholen. Frau König überreichte ihnen das goldene Armband. Doch sie warfen es auf den Boden, schlugen ihr ins Gesicht und zogen missmutig und fluchend davon. Sie hatten wohl eine goldene Uhr erwartet, vermute ich. Unsere

Habseligkeiten mussten wir sofort abladen. Als wir am nächsten Morgen die Scheunentür öffneten, waren die Russen schon weg. Doch das Wichtigste hatten wir erreicht! Die Oder hatten wir gut und bequem hinter uns gelassen. In aller Ruhe packten wir unsere Siebensachen zusammen und zogen weiter.

Unser Ziel war Berlin. Dort hatten wir Verwandte, die während des Krieges oft bei uns waren, um sich von den grauenvollen Bombennächten zu erholen. Oft hatte meine Mutter sie mit Naturalien versorgt. Dort, bei ihnen, würden wir sicher für die erste Zeit Unterkunft finden. Achtzig Kilometer lagen aber noch vor uns. Vor Seelow sahen wir zum ersten Mal drei ausgebrannte deutsche Panzer vom Typ „Tiger" an einem Bahndamm stehen. Als wir am Abend in einem massiven Schuppen Herberge fanden, waren wir müde und abgespannt. Die Seelower Höhen hatten uns schwer zugesetzt. Nachdem wir zur Ruhe gekommen waren, plagte uns der Hunger um so mehr. Alles stellten wir auf den Kopf und, wie sich herausstellte, nicht ohne Erfolg. In einer großen Kanne befand sich noch ein Rest Zuckersirup, nachdem wir eine dicke Schicht toter Fliegen abgeschöpft hatten. Er hat vorzüglich geschmeckt, wenn auch noch einige Fliegen darunter gemischt waren.

An diesem Abend hatte ich mich in akute Lebensgefahr begeben, als ich bei Dunkelheit dem angrenzenden Kartoffelacker einen Besuch abstattete. Kaum hatte ich die ersten Kartoffel, etwas größer als mein Daumennagel, geerntet, da

pfiffen mir Kugeln einer Kalaschnikow um die Ohren. Noch vier oder fünf solcher Salven wurden abgefeuert, aber ich blieb unverletzt, denn der Acker und ich waren eins. Ich weiß nicht mehr, wie lange ich in der Furche verharrte. Für mich war es eine Ewigkeit. Dann trat ich aber sehr vorsichtig den Rückzug an. Meine Hosen- und Jackentaschen hatte ich jedoch mit neuen Kartoffeln gefüllt. Es gab am späten Abend Pellkartoffeln mit Zuckersirup und alle wurden satt. Wir schliefen gut und zogen am Morgen weiter in Richtung Berlin. Doch es plagte uns alle ein fürchterlicher Durchfall. Er zehrte an unseren Kräften, dadurch kamen wir nicht so recht voran. Zudem wurde es gegen Mittag immer dunkler, so dass es zwei Stunden beinahe finster war, ehe es sich langsam wieder aufhellte. Später erfuhren wir, dass es sich um eine Sonnenfinsternis gehandelt hatte. Unser Ziel erreichten wir an diesem Tage noch nicht.
Wir kamen nur bis Straußberg. Hier gab es für uns eine kleine Sensation. Auf einem Platz war ein Stand, der Zeitungen zum Kauf anbot. Diese Zeitung hatte den Namen „Neues Deutschland“ und kostete 10 Pfennig. Doch wir hatten keine 10 Pfennig. Achtlos waren wir an Millionen von Reichsmark vorbeigegangen. In den Straßengräben lagen die Geldscheine bündelweise herum. Niemand hatte sich danach gebückt, auch wir nicht.
Wir übernachteten in einer großen Turnhalle. Nach dem Entlausen bekamen wir eine Gerstensuppe und ein Stück Brot. Man kümmerte sich um uns und das tat gut. Das

Schlimmste, so schien es, hatten wir wohl überstanden. Am nächsten Morgen bekam jeder wieder ein Stück Brot und Malzkaffee. Danach wurden wir alle registriert und nach unserem Ziel befragt. Dann erst konnten wir weiterziehen. Nach zwei Tagen erreichen wir Glienicke bei Berlin. Unser Ziel hatten wir nun erreicht. Hier hatte die Familie meines Onkels, ein Bruder meiner Mutter, in ihrem Gartenhaus Zuflucht gefunden, nachdem sie 1943 in Berlin ausgebombt worden waren. Sie waren früher oft und lange bei uns in Massin gewesen. Mein Onkel war noch in russischer Gefangenschaft. Wir waren hier jedenfalls unwillkommen und sie ließen es uns auch gleich spüren.
Doch Mutter kränkelte schon seit ein paar Tagen. Wir mussten unbedingt eine Bleibe finden. Von Frau König und ihrer Schwester hatten wir uns in Straußberg getrennt, aber wir waren immer noch sechs Personen. Mein Vater hatte noch eine Cousine, die in Berlin-Tiergarten in der Perleberger Straße wohnte. Mit letzter Kraft schaffte es meine Mutter bis dorthin. Tante Gretel ging noch am selben Abend mit ihr ins zerbombte „Robert-Koch-Krankenhaus“ zur Untersuchung. Meine Mutter behielt man gleich da, denn die Diagnose lautete: „Typhus“. Noch am selben Abend kam sie auf die Isolierstation, die sich damals in der ehemaligen „Gauschule“ in der Bochumer Straße befand. Tante Gretel kümmerte sich rührend um uns. Doch bei Tage musste sie zur Arbeit als Trümmerfrau. Durch unser Kommen hatte ihr jüngster Sohn Paul Gesellschaft und sie schien sehr froh

darüber zu sein. Paulchen war so alt wie unser Hans-Werner und ein Hansdampf wie er. Sein Bruder Günter war drei Jahre älter als ich. Er war Fallschirmjäger und an der Westfront gefallen. Der Mann von Tante Gretel, Onkel Paul, war in Ostpreußen in russische Gefangenschaft geraten. Ich habe mich in den folgenden Jahren oft gefragt, wie Tante Gretel das alles durchgestanden hat.

Paulchen und mein Bruder Hans-Werner waren ein Herz und eine Seele. Jeden Tag stromerten sie durch die Ruinen. So manchen Kellereingang legten sie frei und alles, was verwertbar erschien, schleppten sie an oder verkuppelten es schon unterwegs. Selterswasser wurde sehr benötigt. Damit versorgten wir unsere Mutter auf der Typhusstation, denn die Patienten litten alle starken Durst. Dafür sammelte Mutter alles Brot zusammen, das die Patienten übrig ließen. Sie lag im dritten Stock. Mittels einer Schnur war der Transport, wenn auch verboten, kein Problem. Tante Gretel erfuhr von alledem nichts. Sie wollte es vielleicht auch gar nicht wissen, denn, dass der große Karton mit Reis im Kleiderschrank stetig abnahm, hatte sie bestimmt bemerkt.

Ja, unsere Tante Gretel! Sie hat uns Buben mit Sicherheit das Leben gerettet. Nach vierzehn Tagen erkrankte auch mein Bruder Alfred (Teddy) an Typhus. Er wurde an das „Virchow-Krankenhaus" verwiesen und wir mussten ihn mit dem Kinderwagen nach dort bringen. Ein schwieriges Unternehmen! Das Rudolf-Virchow-Krankenhaus lag im Stadtteil Wedding und damit im amerikanischen Sektor Berlins. Die

Brücken waren zerstört und wir mussten mit einer Personenfähre übersetzen. Dabei wäre Alfred uns beinahe mitsamt Kinderwagen in den Kanal gestürzt. Im letzten Moment hatte ihn der Fährmann am Kragen zu fassen bekommen und so Schlimmeres verhindert. Jetzt hatten wir zwei zu versorgen, aber auch zwei, die uns versorgten. Unser Organisationstalent wurde gefordert. Aber alles klappte wie am Schnürchen.

Als unsere Mutter nach 6 Wochen aus dem Krankenhaus entlassen wurde, waren wir heilfroh. Jetzt konnte sie wieder die Fäden in die Hand nehmen und unseren weiteren Verbleib organisieren, denn bei Tante Gretel konnten wir auf die Dauer nicht bleiben. Das war klar, denn ihre Wohnung umfasste nur ein großes Zimmer und eine kleine Küche. Für sieben Personen auf jeden Fall zu klein. Mutter organisierte die Weiterreise und als vierzehn Tage später Bruder Alfred wieder aus dem Krankenhaus entlassen wurde, konnte es losgehen. In einem offenen Güterwagen der Bahn ging es vom Lehrter-Bahnhof in Berlin nach Salzwedel in die Altmark. Der Güterzug wies als Zielbahnhof Salzwedel aus. Es zog in dem leeren Waggon ganz fürchterlich und die Rußpartikel der Lokomotive flogen uns in die Augen. Doch nach Stunden hatten wir Salzwedel erreicht. Wir sahen zwar aus wie die Mohren, doch war das Fahren wesentlich besser, als wenn wir die ganze Strecke hätten laufen müssen. Von hier waren es nur noch ein paar Kilometer bis Gieseritz. In Gieseritz wohnte die Familie eines weiteren Bruders meiner

Mutter. Doch Onkel Georg war auch noch in russischer Gefangenschaft. Seine Frau und Eltern, abweisend und arrogant, sorgten aber dafür, dass wir ein Dach über dem Kopf und Arbeit und Verpflegung beim Bauern Neuling bekamen. Wir kamen gerade zur rechten Zeit. Die Kartoffelernte war im vollem Gange. Schon am Tag unserer Ankunft konnten wir voll mit unserer Arbeit beginnen.

Bauer Neuling hatte einen etwa 100 ha großen Hof und das kleine, uralte Haus, in dem wir untergebracht waren, gehörte ihm auch. Die Verpflegung war ausgezeichnet, doch die Umstellung vom Hunger zum Überfluss bereitete uns große Schwierigkeiten. Auf ein Stück Brot ein halber Zentimeter Butter und darauf noch einen Zentimeter Speck, das war für unsere Mägen einfach zu fett. Eine halbe Stunde nach dem Essen wurde uns übel und wir erbrachen alles. Nach einigen Tagen erkannten wir aber die Ursache. Wir kratzten den größten Teil des Belages von den Broten und schon ging es uns besser.

Die Altmark war von den Amerikanern besetzt worden und erst später im Tausch gegen die Westsektoren Berlins von den Russen besetzt worden. Hier lebte man noch wie die Made im Speck. Vom Krieg war man verschont geblieben, man hatte unter den Siegermächten nicht gelitten. Am Samstag gingen die jungen Leute gern zum Tanz nach Wallstawe oder nach Niephagen. Damit die drei Mädchen, die auf dem Hof beschäftigt waren, früher mit ihrer Arbeit im Kuhstall fertig wurden, half ich ihnen beim Melken. Doch das war ein Fehler von mir. Dadurch hatte ich verraten, dass ich melken konnte. Von jetzt ab brauchten die Mädchen nicht mehr in den Stall. Statt ihrer war ich nun für den Kuhstall zuständig.

Morgens um 5.00 Uhr begann mein Dienst mit dem Füttern und Melken der Kühe. Danach musste ich die in 20-Literkannen abgefüllte Milch im Hof bereitstellen, das Jungvieh füttern, misten, streuen und Futter vom Feld holen. Unter meiner Obhut standen 21 Milchkühe, 16 Rinder, 14 Jungbullen und ein Zugochse. Letzterer diente mir zum Herbeischaffen des Futters und des Strohs. Während der Zuckerrübenernte musste ich die vollbeladenen Wagen mit Kastor, dem Zugochsen, vom Acker auf die Straße ziehen, wenn die Pferde oder der Lanz-Bulldog versagten. Wenn ich abends aus dem Stall kam, war es meist 21.00 Uhr. Bis ich dann gewaschen war, war es für mich zu spät um tanzen zu gehen. Außerdem stank ich nach Milch, trotzdem ich mich intensiv wusch. Ich schämte mich meines Geruches und litt sehr darunter.

Ende November setzte sich meine Mutter mit mir zusammen und wir besprachen die Lage. In der Nachbarschaft, in Wötz, war der Hof derer von Bismarck von den Russen enteignet worden und für Siedlungszwecke ausgeschrieben. Wir entschieden uns für eine Bewerbung und nach einigen Tagen erhielten wir positiven Bescheid. Wir freuten uns sehr auf unsere nahende Selbständigkeit und die damit verbundene Freiheit. Einige Tage vor Heiligabend kam mein Vater aus russischer Gefangenschaft. Er war so dick und aufgedunsen, dass wir ihn fast nicht erkannten. Ein Vollbart verdeckte eine furchtbare Bartflechte. Wir schlossen uns überglücklich in die Arme.

Advent hatte sich bewahrheitet und es weihnachtete!

Rudi Kuke

Nachts, als die Russen kamen ...

Der Winter 1944/1945 brach ziemlich zeitig mit Frost und Schnee herein. Bereits vor der Jahreswende gingen Gerüchte von Mund zu Mund, die besagten, dass unsere Truppen an allen Fronten zurückgeschlagen werden und bald auf deutschem Boden stünden.

Mitte oder Ende Dezember 1944 war es wohl, als im Ort die ersten Flüchtlinge auftauchten, es kann auch schon eher gewesen sein. Sie kamen aus Lettland und Litauen, einige sogar schon aus Ostpreußen und zogen mit ihren Planwagen, die die in aller Eile zusammengeraffte Habe enthielten, westwärts. Von Tag zu Tag vermehrte sich die Zahl der Flüchtlinge und erreichte etwa Ende Januar den Höhepunkt.

Mitte Januar wurden die noch „wehrhaften Männer“, zu denen auch mein Vater zählte, zum Volkssturm eingezogen. Noch, bevor unser Nachbar Paul Pulz zur Front musste, nahm er meinem Vater das Versprechen ab, sich um seine Familie zu kümmern, falls er nicht zurückkehren sollte, als auch umgekehrt.

Unser Lehrer Arp, der ebenfalls zum Volkssturm musste, bat uns Schülern, den Flüchtlingen auf der Straße behilflich zu sein und wenn wir ihnen nur den Weg wiesen. Wir Kinder freuten uns natürlich über die unerwarteten Ferien. Das Drama, das sich auf den Straßen westwärts abspielte, konnten wir in seiner ganzen Tragik noch nicht erfassen.

Ab der zweiten Januarwoche erhielten auch wir „Auswärtigen“ auf dem Haidehof die ersten Einquartierungen, die dann aber nicht abrissen. Die Flüchtlinge stellten bei uns ihre Wagen in der Scheune unter und verbrachten dann die Nacht, nachdem sie meine Mutter verpflegt hatte, in der Wohnstube, die entsprechend groß war. Etliche schliefen natürlich aus Furcht, dass das Wenige, was sie hatten retten können, gestohlen werden könnte, auf ihrem Wagen in der Scheune. In der Regel hielten sie sich nur über Nacht auf, um am nächsten Morgen wieder weiter zu ziehen. Sie tauchten dann unter in den zahllosen Trecks, die sich westwärts auf den verschneiten Straßen bewegten. Viele starben bereits unterwegs vor Entkräftung und Kälte. Meist waren es alte, gebrechliche Leute oder Neugeborene, deren Geburtsort oft die Straße war. Sie überstanden die bittere Kälte und die Strapazen nicht.

Durch die ständigen Einquartierungen, die wir über uns ergehen lassen mussten, war es meinem Vater nicht mehr möglich, den Londoner Rundfunk zu hören, um den Frontverlauf zu erfahren. Er musste damit rechnen, denunziert zu werden, also unterließ er es. Trotzdem sickerte es durch, dass die Russen immer näher rückten, zumal auch der Flüchtlingsstrom von Tag zu Tag zunahm. Über den ersten Einfall der Russen in Ostpreußen im Raum Nemmersdorf hatte die Zeitung knappe drei Monate zuvor berichtet und alle waren schockiert über die Gräueltaten, die dort passiert waren. Die veröffentlichten Fotos bestätigten quasi die Argumentation der Nazis über die "barbarischen Bolschewikis", die niemanden schonen würden.

Jetzt wurden natürlich auch von uns heimlich Fluchtvorbereitungen getroffen, nachdem morgens die Flüchtlinge unser Anwesen verlassen hatten und bevor die neuen kamen. Zu diesem Zweck wurde ein großer Leiterwagen mit Bögen, hergestellt aus Weidenruten, versehen, worüber eine Zeltbahn straff gespannt wurde. Sie sollte uns vor den Witterungsunbilden schützen.
Rechtzeitig wurden auch die wichtigsten Sachen auf den Wagen gebracht und mit Stroh überdeckt, um im Ernstfall nur die Pferde vorzuspannen.

In der letzten Januarwoche erschien für uns vollkommen überraschend der Bruder meines Vaters mit Familie aus Ludwigsruh, um mit uns gemeinsam zu flüchten. Er war überrascht, dass wir noch keinen Räumungsbefehl erhalten hatten, ganz im Gegensatz zu seinem Heimatort. Doch die Hardliner in den zuständigen Stellen bei uns, glaubten scheinbar immer noch an den "Endsieg" und schoben den Räumungsbefehl hinaus, obwohl der Russe die Reichsgrenze im Osten schon überschritten hatte. Im Gegenteil, die verbliebenen Männer mussten noch Panzersperren errichten und der Ortsbauernführer warnte meinen Vater, falls er sich heimlich absetzen würde, würde er ihn persönlich erschießen.
Kurz vor Monatsende wuchs die Anspannung ins Unerträgliche. Der Geschützdonner rückte immer näher und im Osten färbte sich der Nachthimmel immer häufiger in rötliche Farben.

Trüb und grau kündigte sich der 30. Januar 1945 an. Eine innere Unruhe hatte die gesamte Einwohnerschaft von Massin erfasst, da der Geschützdonner nun schon den ganzen Tag über andauerte und sich recht nahe anhörte. Man schien zu merken, dass die Front immer näher rückte. Aus dem Radio, das den ganzen Tag über nicht ausging, vernahmen wir jedoch, dass die Offensive der Russen im Raum Posen zum Stillstand gekommen sei und es demzufolge keinen Grund zur Beunruhigung gäbe.

Mein Vater, der sich tagsüber im Dorf aufgehalten hatte, kam mit einbrechender Dunkelheit heim und teilte uns mit, dass wir nun doch stündlich mit dem Räumungsbefehl rechnen müssten. Abends hörten wir noch die Hitlerrede im Rundfunk, die von allen „großdeutschen Sendern" übertragen wurde. „Wir werden siegen und wenn sich der Krieg vor den Toren Berlins abspielt", so ungefähr lauteten wohl seine Worte. Wir legten uns an diesem Abend erst kurz vor Mitternacht unausgezogen hin, um bei einer angeordneten Flucht keine Zeit zu verlieren. Flüchtlinge hatten wir an diesem Abend nicht.

Kurz nach Mitternacht muss es gewesen sein, als meine Mutter aufstand, um nach den Pferden zu sehen, da diese sehr unruhig waren. Über den Hof gehend, vernahm sie von der Neudammer Chaussee her Pferdegetrappel, das nicht enden wollte. Dadurch sichtlich beunruhigt, kam sie wenig später zurück und weckte meinen Vater mit den Worten: „Hans, geh doch 'mal ins Dorf, ich glaube, die flüchten alle ohne uns.“ Augenblicke später verließ mein Vater das Haus und begab sich in Richtung Dorf. Seine Schwägerin, die ebenfalls aufgestanden war, schlug die für die Flucht vorgesehenen Eier in eine Schüssel, rührte einen Teig zusammen und backte für uns alle Eierkuchen. Wir waren inzwischen alle wach geworden und fanden uns in der Küche ein. Meine Mutter bekam vor Aufregung einen Herzanfall und musste sich hinlegen. Unsere Nachbarin, Frau Siepelt, deren Mann sich seit Monaten in britischer Kriegsgefangenschaft befand, kam noch zu uns in der Hoffnung, Näheres zu erfahren, da sie die Geräusche ebenfalls vernommen hatte.

Ich weiß es heute nicht mehr, wie lange es gedauert hat, als unser Hund anschlug und das Nahen meines Vaters ankündigte. Die Frauen stürzten alle zur Tür und empfingen ihn mit den Worten: „Müssen wir nun flüchten?“ Mein Vater schwieg und klopfte sich den Schnee von den Stiefeln. Er war kreidebleich, zog seine Joppe aus, steckte sich eine dicke Zigarre an und sagte: „Wir brauchen nicht mehr zu flüchten, der Russe ist schon da.“ Fassungslos sahen sich alle an, denn auf diese Antwort waren sie nicht gefasst. Doch dann berichtete er: Die Russen, denen er auf der Neudammer Straße in die Arme gelaufen war, sie waren mit ihren Panjewagen in Richtung Neudamm unterwegs, haben ihn umringt, ihm kameradschaftlich auf die Schulter geklopft und gemeint: „Hitler kaputt, Krieg vorbei“, und er solle nach Hause gehen. Doch ihn zog es weiter ins Dorf. Bei Hagens war schon eine Art Kommandantur eingerichtet und auch dort hatten ihn die Offiziere recht freundlich empfangen und ihm Ähnliches gesagt. Daraufhin wäre er dann umgekehrt. Am Schluss meinte mein Vater noch recht optimistisch, dass wohl alles nur Propaganda gewesen sei, was man in Rundfunk und Presse über die Russen berichtet habe.

An Schlaf war nun nicht mehr zu denken und wir blieben auf, um den Tagesanbruch abzuwarten. Inzwischen war der Strom ausgefallen und die Kerzen mussten hervor geholt werden. Früh, etwa gegen 5.00 Uhr, drangen vom Zickenwinkel Gewehrschüsse zu uns herüber. Wir gingen um das Haus herum bis vor den Hauseingang der Großeltern und horchten in die Dunkelheit hinein. Die Schüsse waren aber inzwischen verebbt. Später erfuhren wir, dass dort die Wachleute eines Gefangenentransportes erschossen worden waren. Wir blieben noch, denn unsere Blicke wurden regelrecht nach Osten gelenkt, dorthin, wo der Himmel glutrot vom Feuerschein brennender Häuser in den Ortschaften war. Die Erwachsenen konnten aufgrund ihrer Ortskenntnis mit einiger Sicherheit sagen, um welche Ortschaften es sich wohl handeln könnte. Dühringshof, Tornow und Landsberg wurden genannt. Sie waren noch bei der Nennung der Ortsnamen, als eine grellrote Feuersäule zwischen Zickenwinkel und Steinbocks Gehöft in den Himmel stieg. Jetzt brannte es auch bei uns im Dorf!

Das Pferdegetrappel auf der Neudammer Straße dauerte weiter an, doch die Kälte kroch an unseren Gliedern empor und wir kehrten ins warme Zimmer zurück. Es dauerte auch

nicht lange, da tauchten die ersten Russen auf, durchsuchten sämtliche Räume, warfen alles aus den Schränken und verlangten: „Uri, Uri!". Dabei blieb es aber nicht!
Inzwischen hatten sie auch die paar Häuser in Sennewitzmühle entdeckt und fuhren mit ihren Panjewagen dorthin. In den späten Nachmittagsstunden kam eine Freundin meiner Mutter mit ihren Töchtern und deren beiden Bekannten zu uns mit der Bitte, sie bei uns über Nacht zu lassen, da sie annahm, die Mädchen wären im Ort mehr gefährdet als hier draußen. Meine Mutter willigte ein und ihre Freundin verabschiedete sich bis zum nächsten Tag und ging ins Dorf zurück.
Mit Einbruch der Dämmerung zogen wir es vor, uns alle im Wohnzimmer der Großeltern einzufinden, um dort gemeinsam mehr oder weniger wachend, die Nacht zu verbringen. Meine Großeltern saßen am Tisch, auf dem eine Kerze brannte, während die Mädchen auf dem Sofa Platz genommen hatten. Onkel Willi aus Ludwigsruh hatte sich mit seiner Frau im Hintergrund niedergelassen, während meine Eltern das Nachbarzimmer aufgesucht hatten, um sich ein wenig hinzulegen. Zwar hatte meine Mutter zuvor ihre Bedenken geäußert, aber mein Vater schlug sie in den Wind.
Etwa gegen 22.00 Uhr kamen drei russische Offiziere herein, davon einer im Rang eines Majors, zumindest meinte das hinterher Onkel Willi. Wir hatten, um kein Misstrauen zu erregen, die Haustür nicht abgeschlossen. Mit schussbereiter Pistole betraten sie das Wohnzimmer und redeten rus-

sisch auf uns ein, wobei sie wild mit den Armen gestikulierten. Wir bemerkten dabei schon, dass sie stark angetrunken waren und reagierten deshalb auch nicht. Plötzlich entdeckten sie die Tür zum Nachbarraum, rissen sie auf und stürmten hinein. Als sie meinen Vater erblickten, schrieen sie: „Partisan, Partisan!“ Sie setzten ihm die Pistole auf die Brust und aus Angst, sie könnten ihn erschießen, flehte sie meine Mutter an und gab ihnen zu verstehen, dass es doch ihr Mann sei. Daraufhin verlangten sie „Dokumenti“, und meine Mutter lief nach vorn in unsere Wohnung, um den Pass aus der Joppe meines Vaters zu holen. Sie fand ihn in der Aufregung aber nicht und in ihrer Angst, sie konnte es später selbst nicht erklären warum, ergriff sie das Radio und ging damit zurück. Vor der Laube wurde sie von einem dort wartenden Soldaten auf die Schulter geklopft mit den Worten: „Frau gut.“ Sie stellte das Radio beiseite und kam wieder zu uns in die Stube. Dort hatte der „Major“ inzwischen am Tisch Platz genommen und versuchte nun, sich mit uns zu verständigen. Er zeigte uns Fotos von seinen Angehörigen, die die SS erschossen hatte. Wir brachten unser Mitgefühl zum Ausdruck und es schien, dass er trotz Trunkenheit ruhiger wurde.

Nachdem er die Mädchen eine geraume Zeit fixiert hatte, erhob er sich plötzlich und forderte sie mit der Pistole in der Hand auf, ihm zu folgen. Da die Betroffenen nicht sofort seiner Aufforderung nachkamen, hob er die Pistole und schoss über ihre Köpfe hinweg in die Wand. Vor Schreck schrieen alle auf und aus Angst folgten ihm die Mädchen.

Am anderen Morgen kehrten die Mädchen bleich, übernächtigt und verweint in Begleitung des „Majors“ wieder zurück. Wir konnten uns denken, was sich in dieser Nacht abgespielt hatte. Für die jungen Mädchen unvorstellbare Qualen und das sollte erst der Anfang sein. „Heute Abend wieder zuda, wenn nix da, alle kaputt“, sagte der Major und verschwand. Als er fort war berichteten die Mädchen, was sich im Haus der Familie B., die in den Wald geflüchtet waren, abgespielt hatte, zumal im Keller wohl noch alkoholische Getränke von den Russen gefunden wurden.
Als die Freundin meiner Mutter wenig später kam, um ihre Töchter abzuholen und von dem Vorgefallenen hörte, war sie fassungslos. Sie brach in Tränen aus und konnte sich einfach nicht beruhigen. Es war auch für uns alle unfassbar, wie sich besonders die russischen Offiziere, auch später noch, gegenüber der Zivilbevölkerung benahmen. Die Mädchen gingen nun heim, versprachen jedoch meiner Mutter, abends zurückzukommen, damit wir nicht der Vergeltung der Russen ausgesetzt wären.
Noch am gleichen Tag entschloss sich mein Großvater ins Dorf zu gehen, um die Trommel für die Zentrifuge, mit der die Butter hergestellt wurde, vom Bürgermeister Hagen zu holen. Aus heutiger Sicht betrachtet, war es ein gefährliches Unterfangen, zumal wir eine Ersatztrommel daheim hatten und überhaupt nicht darauf angewiesen waren. Meine Mutter hatte auch im Kriege heimlich gebuttert, nur durfte es keiner wissen. Von seinem Vorhaben war jedoch mein Großvater nicht abzubringen.

Nach etlichen Stunden kam er jedoch wohlbehalten mit der Buttertrommel zurück, schüttelte nur den Kopf und meinte: „Ihr könnt euch nicht vorstellen, wie es im Dorfe aussieht, wie viele dort schon umgekommen sind bzw. umgebracht wurden.“ So hatten etliche Einwohner den Freitod gewählt. Sie erhängten sich, erschossen sich, wie Revierförster Zischow mit Familie (mit Ausnahme der Tochter Hilde, die nicht anwesend war), andere nahmen wohl Gift. Frau Sasse soll Essigessenz getrunken haben und ist erst nach Tagen qualvoll verschieden. Besonders schlimm war es, wenn Uniformen gefunden wurden, das bedeutete in der Regel den Tod für den Betreffenden. Bäcker Prochnow, der seine Frau vor Übergriffen schützen wollte, wurde vor den Augen seiner Frau erschossen.

Den auswärtigen Männern des Volkssturms erging es nicht anders, nur weil sie die Armbinde nicht rechtzeitig, aus Angst vor den eigenen Leuten, entfernt hatten wurden sie erschossen. Einige Massiner Familien waren in die Wälder geflüchtet und hielten sich dort versteckt. Unsere Nachbarn zählten dazu.

Vergewaltigungen und Erschießungen standen auf der Tagesordnung. Bei Liebners soll sogar ein zehnjähriges Mädchen vergewaltigt worden sein.

Nach all den schrecklichen Ereignissen entschloss sich mein Vater, uns in der kommenden Nacht zu verstecken, da er bezweifelte, dass die Mädchen zurückkommen würden. Schon am Nachmittag führte er uns in ein Versteck, das er

in der Scheune hergerichtet hatte. Darüber informierte er seinen Bruder, der sich noch immer bei uns aufhielt, während wir schon das Versteck aufgesucht hatten. Doch bald erschien er völlig aufgelöst und erklärte uns, dass es keinen Zweck habe sich zu verstecken, sein Bruder würde ihn an die Russen verraten, falls er kneifen würde. Er sah jetzt nur noch einen Ausweg, durch Erschießen allem aus dem Wege zu gehen. Meine Großmutter war ihm jedoch zuvor gekommen und hatte den Karabiner in der voran gegangenen Nacht heimlich beiseite geschafft.
Für uns alle unfassbar, erschienen abends die Mädchen wieder um wie versprochen, die Nacht bei uns zu verbringen. Doch diesmal blieben sie unbehelligt, die Nacht verging ohne Störungen. Sie konnten am anderen Morgen wieder heimkehren. Verstärkt erschienen jetzt tagsüber deutsche Flugzeuge, die den Nachschub der Russen unter Beschuss nahmen. Am Nachmittag tauchten m. W. die ersten russische Panzer in Höhe Steinbocks (einzelnes Gehöft an der Straße nach Ludwigsruh) auf und schossen etliche Male in Richtung Tannenhorst.
Um vor explodierenden Geschossen einigermaßen sicher zu sein, flohen wir in unseren Rübenkeller, der sich unter der Scheune befand. Doch bevor wir uns darin versteckten, warfen wir noch einen Blick über den Gartenzaun. Überall erblickten wir graubraune Gestalten, die in gebückter Haltung hin- und herliefen. Russen! Gegen Mitternacht verließen wir wieder den Keller, da mein Vater meinte, wenn die

Scheune einen Volltreffer bekäme, würden Heu und Stroh in der Scheune zu brennen anfangen und wir kämen dann überhaupt nicht mehr raus. Also, raus aus dem Keller und wieder rein in unsere Wohnung.
Am Morgen des 5. Februar verließ uns Onkel Willi und kehrte nach Ludwigsruh zurück. Einen Teil seiner Sachen ließ er bei uns, er wollte sie später holen. Daraus wurde natürlich nichts, denn wir sollten uns erst nach Jahren in Sachsen-Anhalt wiedersehen. Er hatte mit seiner Familie alles glimpflich überstanden. Die Zusammenkunft war auf meinen Wunsch erfolgt. Meine Mutter konnte sein damaliges Verhalten noch immer nicht entschuldigen und legte wenig Wert auf ein Treffen.

Wegen der Turbulenz der Ereignisse in den folgenden Stunden und Tagen, ist eine chronologische Aufarbeitung nicht mehr möglich, trotzdem habe ich mit Hilfe meiner Mutter versucht, einigermaßen die Abläufe zeitlich einzuordnen.
Die Angriffe der deutschen Jagd- und Bombenflugzeuge auf die auf den Straßen befindlichen Nachschubtransporte nahmen jetzt von Tag zu Tag an Intensität zu. Von einer Anhöhe, die sich zwischen Steinbocks Gehöft und Zickenwinkel befand, konnten wir Kinder recht gut auf die Neudammer und Ludwigsruher Straße und die nicht enden wollenden russischen Fahrzeuge sehen. Sowie sich jedoch Flugzeuge näherten und über den Straßen zum Sturzflug ansetzten, stoppten die Transporte und die Besatzungen suchten De-

ckung in Straßengräben oder hinter Bäumen. Häufig flogen unsere Flugzeuge so niedrig, dass man befürchten musste, sie nehmen die Hausdächer oder die Baumkronen mit. Die Piloten waren deutlich in ihren Kanzeln zu erkennen, doch niemand wagte, ihnen zuzuwinken, aus Angst vor Vergeltung durch die Russen. Das wäre sicherlich auch einem Todesurteil gleichgekommen.

Inzwischen war überall leichte Flak in Stellung gegangen. Sie schoss allerdings nur, wenn sich die Flugzeuge bereits entfernten. Diese drehten in der Regel jedoch nur eine Schleife, um dann wieder aufzutauchen. Man fühlte sich bald nirgends mehr sicher. Etliche Jagdflieger hatten die Flakstellungen hinter Siepelts Gehöft ausfindig gemacht und nahmen sie nun ständig unter direkten Beschuss. Etliche Geschosse durchschlugen das Dach unseres Wohnhauses und veranlassten uns, Schutz unter den Betten zu suchen. Da jedoch der Beschuss immer heftiger wurde, erinnerten wir uns an unseren Unterstand auf den Schoberplatz und flüchteten ins Freie. Auf dem Weg dorthin verlor ich im tiefen Schnee einen Pantoffel. Ich lief zurück, um ihn zu suchen. Plötzlich sah ich einen Jagdflieger auf mich zukommen, aus dessen Kanzel Feuerstöße kamen, die den Schnee im Umfeld zum Aufspritzen brachte. Dieses Bild habe ich heute noch vor Augen. Mein verloren gegangener Pantoffel war vergessen, ich rannte wie besessen zum Unterstand und verschwand darin. Jetzt erst stellte ich fest, dass ich auch den anderen Pantoffel verloren hatte ohne es zu bemerken. Ein riskanter

Blick aus dem Unterstand überzeugte uns, dass das ganze Terrain wahllos unter Beschuss genommen wurde. Das veranlasste uns wieder, in den angrenzenden Wald zu flüchten, in dem Glauben, dort sicherer zu sein. Ein Unterstand aus der Spielzeit sollte uns nun alle aufnehmen. Mein Vater war gerade dabei, die Einstiegluke zu vergrößern, als in unmittelbarer Nähe einige Bomben explodierten. Sofort kehrten wir wieder um und rannten zum Waldrand. Dort angekommen, entfernten sich die Flugzeuge und wir konnten unverletzt unser Wohnhaus wieder erreichen. Erst als absolute Stille eingekehrt war, ging ich hinaus, um nach meinen Pantoffeln zu suchen.

An den folgenden Tagen besuchte ich häufig meinen Schulfreund Rudi Krüger im sog. Zickenwinkel, der eigentlich zum Haidehof gehörte aber aus irgendeinem Grund von den Anwohnern so genannt wurde. Auf dem Weg dorthin vernahm ich häufig Explosionen in großer Höhe und man sah dann immer weiße Wölkchen entstehen. Es waren die Geschosse der russischen Flak, die in Höhe der angreifenden Flugzeuge explodierten. Die Tiefangriffe, der deutschen Flieger waren mittlerweile zurückgegangen und deshalb konnte man sich wieder nach draußen wagen.

Unweit des Elternhauses meines Schulfreundes stand direkt an unserem Wald, ein kleines, ich glaube mit Schilf bedecktes Einfamilienhaus, das dem Fräulein Anna Virgens gehörte. Die Eigentümerin hielt sich schon seit Tagen bei Nachbarn auf dem Haidehof auf. In ihrer Abwesenheit hatten die Russen alles von unten nach oben gekehrt. Es sah trostlos aus, zumal die Betten aufgeschlitzt waren und die Federn überall herumlagen. Wir waren uns einig, hier für Ordnung sorgen zu müssen, um uns somit statt eines Bunkers, eine andere Bleibe zum Spielen zu schaffen. Nachdem wir alles, nach unseren Begriffen, wieder auf Vordermann gebracht und auch den Ofen angeheizt hatten, machten wir es uns in der Wohnung recht gemütlich. Russen, die hin und wieder hineinschauten, lachten nur, als sie uns und keine Fräuleins vorfanden und zogen schnell wieder ab.

In dieser Zeit kehrte später ein völlig erschöpfter älterer Herr bei uns ein, den wir zum Bleiben überredeten und von den vorhandenen Vorräten einige Tage mit verpflegten. Abends, wenn wir vom Spielen wieder daheim waren, schwiegen wir, wenn sich die Eltern den Kopf darüber zerbrachen, dass bei A. Virgens der Schornstein rauchte, obwohl sie selber nicht anwesend war.

Nachbar Lohde berichtete uns von seinem ersten Zusammentreffen mit Russen, die das Führerbild noch an der Wand in seinem Wohnzimmer hängen sahen. Auf ihre Aufforderung es zu entfernen, sagte er: “Ich Hitler, du Stalin.“ Daraufhin hat wohl ein Russe das Bild entfernt und den leeren Rahmen wieder an die Wand gehängt. Kaum zu glauben! Der Sachverhalt wurde aber von seiner Frau bestätigt.

Ab und zu kehrten noch einige Flüchtlingsfamilien, die auf den Rückweg waren, bei uns ein, denn nach Westen war der

Weg durch die Front versperrt. In diesem Zusammenhang erinnere ich mich an eine Flüchtlingsfrau, die mit uns zusammen im Wohnzimmer saß und von einem jungen Offizier mit vorgehaltener Pistole aufgefordert wurde ihren Ehering abzugeben. Nun saß dieser allerdings sehr fest und ließ sich nicht so einfach abstreifen. Jetzt wurde der Russe wütend und wollte ihr mit dem Beil den Finger abhacken, um an den Ring zu gelangen. Zum Glück fiel meiner Mutter schnell ein, den Finger in Seifenwasser zu baden. Dadurch gelang es ihr endlich, den Ring abstreifen zu können und der Russe beruhigte sich und verschwand.

Wir fragten uns damals schon, was sind das nur für Soldaten und Offiziere, denen wir in die Hände gefallen sind? Sie vergewaltigten die Mädchen und Frauen, mordeten und plünderten, von wenigen Ausnahmen natürlich abgesehen. Wir konnten seinerzeit allerdings noch nicht wissen, dass der Schriftsteller Ilja Ehrenburg sie zum Töten in einem Flugblatt aufgefordert hatte. „Für uns gibt es nichts Lustigeres als deutsche Leichen" (Ilja Ehrenburg).

Hinzu kam ferner, dass viele, die sicherlich aus abgelegenen Dörfern kamen, von der Zivilisation wenig Ahnung hatten. Das war ebenfalls gefährlich für uns. Immer wieder sagten sie zu uns „Kapitalist", wenn sie unsere Häuser betraten und viele wurden schon allein wegen ihres großen Besitzes erschossen. Ein WC kannten scheinbar nur wenige, ebenso wenig eine Wasserleitung. Später, als wir schon in Loppow waren, kamen sie zu uns in die Wohnung und wollten wissen, wo sie

den Wasserhahn in die Wand eindrehen könnten, den sie mitgebracht hatten, um frisches Wasser zu bekommen. Auch Radfahren konnten die Wenigsten. In Landsberg gingen später russische Offiziere in gestreiften Schlafanzügen, die sie in den Wohnungen vorgefunden hatten, am Tage spazieren.
In der ersten Februarwoche erschienen bei uns drei Jungen zwischen 16 und 21 Jahren. Es waren Schwarzmeerdeutsche, die eine Unterkunft suchten. Sie sprachen ein einwandfreies Hochdeutsch, dazu natürlich perfekt russisch. Sie waren uns insofern willkommen, da wir uns durch sie einen gewissen Schutz vor den Russen erhofften. Sie meinten dann auch, dass uns, solange sie im Hause seien, nichts widerfahren würde. Wie lange sie blieben, drei oder sechs Tage, ich weiß es nicht mehr, jedenfalls hat sie der Russe nachher mitgenommen und umgebracht.

Mein Bruder Heinz, von dem wir seit Wochen nichts gehört hatten, befuhr plötzlich mit einem neuen Fahrrad unseren Hof. Wir waren alle überglücklich, dass er nun endlich wieder zu Hause war. Das Rad versteckten wir auf dem Stallboden. Dort stand es noch, als wir Massin verlassen mussten. In der Küche berichtete er, nachdem er sich erst einmal richtig satt gegessen hatte, von seiner Flucht.
Von Schweinert aus, wo er beim RAD (Reichsarbeitsdienst) war, hatte er sich mit Anderen beim Nahen der Russen in Richtung Westen abgesetzt. Sie wurden dann aber im Warthebruch von Russen aufgegriffen und nach endlosen Verhö-

ren einem Gefangenentransport zugeteilt, der in Richtung Landsberg unterwegs war. In Landsberg hatten sie den Transport verlassen, nachdem ein älterer Landser zu ihnen sagte: „Ihr seid doch noch Kinder, seht zu, dass ihr abhauen könnt." Es gelang ihnen. Unterwegs wurde er mit noch einigen Jungen, die die gleiche Richtung hatten, von einem Russenfahrzeug nach Tornow mitgenommen, wo er sich dann absetzen ließ. Ein herrenloses Fahrrad, das er an der Straße fand, benutzte er für die letzte Strecke. Und nun saß er bei uns in der Küche. Wenig später nahm er sofort Kontakt zu seinem Jugendfreund Erwin Leese vom Rosengarten auf, da er vorhatte, mit ihm gemeinsam die Flucht nach Westen durch die Frontlinie hindurch zu wagen.
Meine Mutter hatte jedoch davon „Wind" bekommen und er musste seinen Plan aufgeben. Es war wahrscheinlich ihr größter Fehler, den meine Mutter damals ahnungslos beging!

Da mittlerweile kaum noch Beschuss war trieb uns unsere Neugierde immer wieder zur Chaussee, die zu unserem Dorf führte. Wir, mein Bruder und ich, konnten es einfach nicht fassen, was alles am Straßenrand lag. Munition, russische Kommissbrote, Karabiner, sogar ein guterhaltener PKW. Wir entfernten heimlich die Sitze und versteckten sie im Wald. Dort zeigte mir mein Bruder auch eine Stelle, wo sie begonnen hatten, einen großen Unterstand zu bauen, um dort das Kriegsende abzuwarten. Mit den versteckten Spaten fingen wir an, die Stelle zu vertiefen bis uns MG-Feuer, das uns bedenklich nahe erschien, von weiterem Vorhaben abhielt. Wir kehrten noch einige Male dorthin zurück, gaben dann aber aufgrund der gefährlichen Situation auf.

Es wurde behauptet, auch von unseren Schwarzmeerdeutschen, dass sich die Kampftruppe bisher noch relativ zivilisiert benommen habe, alle anderen Russen, die danach kämen, würden sich noch fürchterlich an den Deutschen rächen. So war es dann auch!

Der Erste, der aus unserer unmittelbaren Nachbarschaft erschossen wurde, war Gustav Weber. Schon über 70 Jahre alt, hatte er keine Ruhe daheim und wollte abends zu uns kommen. Am anderen Morgen fand ich ihn, etwa 80 m von seinem Gehöft entfernt, am Haidehofweg erschossen liegen. Seine Mütze war ihm vom Kopf gefallen und mehrere Kopfschüsse entstellten sein Gesicht. Ein Schuss war durchs Auge gegangen war. Ich konnte ihn zuerst nicht erkennen und nahm an, es wäre unser Nachbar Pulz, so verändert sah er aus. Sofort holte ich meinen Vater, der ihn aber sogleich erkannte. Was nun? Wir konnten ihn dort nicht liegen lassen. Zuerst verständigte mein Vater die Angehörigen, um dann den Toten mit Hilfe meines Bruders fortzuschaffen. In unserer Scheune zimmerten sie aus vorhandenen Brettern notdürftig einen Sarg zusammen, in den sie den Erschossenen legten. Bei Siepelt starb über Nacht noch ein Flüchtling, der ebenfalls einen provisorischen „Sarg“ bekam. Eine reguläre Bestattung auf dem Friedhof war nicht möglich, denn jeder bangte um sein Leben und wollte sich nicht unnötiger Gefahr aussetzen. Am nächsten Tag schafften wir die Särge zum Schoberplatz und hoben dort eine Grube aus. Es ging, trotz des gefrorenen Bodens. Beim Zuschaufeln wurden wir beschossen, drum mussten wir schnell verschwinden, da links und rechts von uns die Kugeln vorbei pfiffen.

Während ihres Einmarsches mit den Panjewagen war es für die Russen selbstverständlich, ihre halbverhungerten Pferde gegen gut gepflegte deutsche Pferde zu "tauschen". Sie ließen ihre Pferde einfach laufen, die nun bei dieser extremen Witterung ohne Futter frei umherirrten. Meinem Vater tat es weh und er holte etliche zu uns auf den Hof und brachte sie im Kuhstall unter.

Unsere Nachbarn hatten schon seit Tagen ihre Pferde nicht mehr. Unsere, der Braune und der Trakehner, waren durch einen vorgeschobenen Leiterwagen vor dem Pferdestall gut getarnt und noch immer unentdeckt geblieben. Die Russen sahen die Panjepferde im Kuhstall und winkten ab.

So ging es etliche Tage gut. Eines Vormittags betraten zwei russische Offiziere den Hof. In der Laube redeten sie auf meinen Vater ein, doch er tat so, als ob er nichts verstünde. Während sie versuchten sich verständlich zu machen, wieherten plötzlich die Pferde im Stall. Die Offiziere sprangen auf und liefen zum Pferdestall. Mein Vater musste den Leiterwagen fortschieben und die Pferde heraus holen. Man sah es ihnen regelrecht an, dass ihre Entdeckung sie mit Schadenfreude erfüllte. Inzwischen hatten sie auch noch unsere Kutsche ausfindig gemacht und mein Vater musste die Pferde vorspannen und die Herren Offiziere kutschieren. Die Pferde, in die Freiheit entlassen, waren nicht zu bremsen und mein Vater brachte sie erst vor Lohdes Scheune zum Stehen. Dort gaben ihm die Offiziere aus Lohdes Pferdestall ein Panjepferd als Entschädigung, mit dem er dann heimkehrte. Natürlich standen ihm die Tränen in den Augen.

Kurz danach hielten wir Kinder uns vor Brauers Gehöft auf, um zuzusehen, wie die Russen die Räucherkammer plünderten. Große Seiten Speck und auch jede Menge Wurst wurden herausgeholt und draußen neben der Steintreppe deponiert. Ein Flüchtling, der bei Brauers noch untergebracht war und vom Fenster aus zugesehen hatte, kam plötzlich aus der Haustür. Er sah sich etwas ängstlich um, nahm eine große Speckseite und verschwand damit. Das wiederholte er mehrere Male, bis er von dem aus der Räucherkammer zurückkehrenden Russen, gestellt wurde, als er wieder mit einer Speckseite verschwinden wollte. Das hätte ihn fast das Leben gekostet, wenn er nicht geistesgegenwärtig seine Uhr hervorgeholt und hingegeben hätte, denn der Russe hatte schon den Karabiner von der Schulter gerissen. Natürlich musste er auch die entwendeten Speckseiten wieder hervor holen. Wir Kinder hatten alles genau beobachtet und uns köstlich amüsiert. Heute sehe ich das aus einer ganz anderen Perspektive!

Seit seiner Rückkehr traf sich mein Bruder fast täglich mit seiner Freundin Erna Trucks, die bei Bekannten in der Nähe Zuflucht gesucht hatte. Sie besuchten sich am Tage, denn im Dunkeln durfte sich draußen niemand mehr bewegen. Sahen Russen beide zusammen, so betrachteten sie meinen Bruder nur mit Misstrauen, so dass meine Mutter ständig um ihn bangte.

Eines Spätnachmittags, mein Bruder befand sich im Kuhstall und fütterte die Kühe, betrat ein untersetzter, ziemlich kleiner, aber um so gefährlicherer Russe, den Hof. Er schoss sogleich den Hahn mit der Pistole vom Zaun. Die Pistole noch immer in der Hand, betrat er den Kuhstall, wo er sofort begann, meinen Bruder anzuschreien, der gerade mit der Forke den Kühen Heu zuwarf. Mein Bruder lachte nur und zuckte mit den Schultern, da er nicht verstand, was der Russe von sich gab. Damit steigerte er nur dessen Wut und seine Stimme überschlug sich nun förmlich. Sein rechtes Auge, ich habe es noch heute in Erinnerung, war rot unterlaufen und schien förmlich aus der Augenhöhle zu treten. Er deutete meinen Bruder an, voraus zu gehen, während er mit der Pistole in der Hand folgte. Sie waren kaum hinter der Scheunenecke verschwunden, als ein Schuss fiel. Meine Mutter schrie auf und rief: „Jetzt haben sie Heini erschossen!“ Doch wenig später erschien mein Bruder wieder lachend auf dem Hof und meinte, der Offizier hätte nur seine Kameraden verständigt, dass er noch nachkomme.

Bei unserer Nachbarfamilie hielt sich seit Januar "Schuster" Siepelt aus Landsberg/W. auf, der ein wirklicher Gegner des Naziregimes und seit Jahren eingeschriebenes Mitglied der KPD war. Er kam zu meinem Vater und war recht optimistisch, was die Zukunft anbelangte. Den einzigen Wertgegenstand, den er unbedingt retten wollte, war ein kleiner Reisewecker, den er im Stiefelschaft verborgen hatte. Auch ihn ereilte Tage später das gleiche Schicksal wie meinem Vater. Da nützte ihm auch die Mitgliedschaft in der KPD nicht. Das Unfassbare nahm seinen Lauf, wozu die eigenen Landsleute noch beigetragen haben. In den Abendstunden Anfang der zweiten Februarwoche fuhr eine Kutsche mit russischen Offizieren auf unseren Hof, auf der auch Herr X. vom Massiner-Teerofen saß. Herr X. war nach dem 1. Weltkrieg aus dem Osten nach Massin gekommen und konnte sicherlich russisch sprechen, denn er fungierte jetzt im Dorf als Dolmetscher. Er erklärte meinem Vater, er müsse rein routinemäßig den Offizieren sämtliche Angehörige der NSDAP, die noch in Massin verblieben waren, vorstellen. Mein Vater möge doch Verständnis dafür haben, die Unterlagen wären sowieso in deren Händen. Die Offiziere nickten nur, als Herr X. auf meinen Vater deutete. Die Kutsche wendete dann auf unserem Hof und steuerte das nächste Grundstück an. Schon am anderen Morgen erschien ein russischer Soldat, der meinen Vater und gleichzeitig auch meinen Bruder aufforderte, mit Spaten und Schippe mitzukommen. Einige Männer (Flüchtlinge) aus der Nachbarschaft waren ebenfalls mit dabei. Der Russe brachte sie alle zur Neudammer Chaussee, an der bereits ein LKW auf sie wartete. Darauf saßen schon einige Männer aus dem Dorf und gemeinsam wurden sie in die Nähe des Glambeckseeer Teerofen gebracht, wo sie zu Flugplatzarbeiten herangezogen wurden. Sie mussten den ganzen Tag Planierungsarbeiten etc. durchführen, ohne Verpflegung. Abends kehrten sie zurück. Das wiederholte sich noch einige Tage.

Am Morgen des 10.02.1945 fiel meiner Mutter auf, dass der russische Posten den Männern Schaufel und Spaten wegnahm und sie über den Zaun warf. Auch verschwand er diesmal mit ihnen in eine andere Richtung, nämlich in Richtung Dorf. Deshalb war sie schon in größter Sorge, zumal mein Vater nur leicht bekleidet war. Er trug dazu noch Gummistiefel und war auch auf Grund seines Gesundheitszustandes für auswärtige Arbeitseinsätze bei dieser Witterung vollkommen ungeeignet.

Gegen Mittag erschien ein russischer Offizier mit seinem Burschen auf unserem Hof und erklärte uns, dass er die Nacht bei uns verbringen wolle. Beide ließen sich erst einmal bei uns in der Küche verpflegen. Natürlich mussten wir die Speisen vorher probieren, denn sie hatten Angst, wir würden sie vergiften. Selbst die Milch mussten wir vor ihren Augen trinken, ehe sie sie zu sich nahmen. Plötzlich ergriff der Offizier die MPi seines Burschen, entfernte die Trommel, entnahm ihr eine Patrone und hielt sie mir mit den Worten unter die Nase: „Dawei, Fräulein, sonst kaputt!" Was

sollte ich nun machen? Ich wusste mit der Situation nichts anzufangen! Woher sollte ich das Fräulein nehmen? Wir zogen also gemeinsam los zu den Nachbargehöften. Bei Siepelts war nichts zu machen, doch bei Brauers fand er ein Fräulein, da sich dort noch Flüchtlinge aufhielten. Völlig überglücklich kam er zurück, um seinen Burschen darüber zu informieren und verschoss dann seine Patrone, die er mir angeblich zugedacht hatte, auf einen Zaunpfahl am Teich.
Mit Einbruch der Dämmerung verschwand der Offizier zu seinem Fräulein und der Bursche blieb bei uns. Er benahm sich äußerst korrekt, zumindest ist mir nichts anderes bekannt. Im Gegenteil, er versuchte meine Mutter zu trösten und meinte, die Männer wären zu einem anderen Arbeitseinsatz und würden am 26. Februar wieder zurückkehren. Erst später erfuhren wir, dass die Männer die Nacht in Webers Scheune im Dorf bei pausenlosen Verhören zugebracht hatten, um am anderen Morgen in Richtung Osten abtransportiert zu werden.
Am nächsten Tag verließ in aller Frühe der Offizier mit seinem Burschen das Haus und wenig später quartierten sich an die 30 Russen bei uns ein, die sich sofort auf alle Räume verteilten. Meine Mutter sollte nun für sie kochen. Nachdem sie alle versorgt waren, wurden wir rausgeschmissen. Bei Frau Pulz im Zickenwinkel, wo sich bereits die anderen Nachbarn eingefunden hatten, richteten wir uns für die Nacht ein. Hinzu kamen noch drei Russen, die mit uns zusammen in einem Raum übernachteten. Wir schliefen auf

dem Fußboden. Einer der Russen belästigte in der Nacht meine Mutter und erst als Frau Pulz eine Kerze anzündete, gab er auf.
Am anderen Morgen kehrten wir auf unser Anwesen zurück, das von den Russen bereits verlassen worden war. Sämtliche Hühner hatten sie geschlachtet, es lagen nur noch ihre Köpfe umher. Wenige Minuten später wurde meine Mutter von einem Soldaten zur Arbeit abgeholt. Zusammen mit den Frauen aus den Nachbargrundstücken wurde sie ebenfalls beim Flugplatzbau eingesetzt, genau dort, wo die Männer zuvor gearbeitet hatten. Sie mussten große Löcher für die Flak ausheben. Das wiederholte sich auch in den nächsten beiden Tagen. Am 14.02. hatten wir schon am Vormittag das Haus voller Russen und meine Großmutter musste wieder für sie kochen und braten. Bratkartoffeln aus rohen Kartoffeln wollten sie haben, dazu schlachteten sie auf unserem Küchentisch ein Kaninchen mit einer Axt und zerteilten es. Mir wurde übel und ich verschwand aus der Küche. In der Laube nahm ich meine Schlittschuhe und ging zum Teich, um dort zu laufen. Lange war ich noch nicht gelaufen, als ich einen älteren Mann mit einem Bündel unter dem Arm sah, den ich zunächst, nach seiner Statur, für meinen Großvater hielt. Ihm folgten zwei Russen in Richtung Schoberplatz. Der Mann öffnete die Gartentür, die zum Platz führte und setzte seinen Gang in Richtung Wald fort, ohne sich umzusehen. Die beiden Russen blieben am Rande des Platzes stehen, der eine holte seine Pistole hervor, hielt sie in

Brusthöhe und drückte ab. Zeitgleich hob der Mann seine Arme. Das Bündel fiel herunter und er stürzte auf die linke Seite zu Boden. Die Kugel muss ihn in den Rücken getroffen haben. Mich packte jähes Entsetzen! Ich wollte fortlaufen, doch es ging nicht. Ich starrte unentwegt auf das Szenarium, welches sich da vor meinen Augen abspielte. Nach dem Schuss traten die Russen an den Mann heran und feuerten, die Pistole dicht an seinen Kopf haltend, noch viermal auf ihn. Bei jedem Schuss zuckte der ganze Körper zusammen. Danach verschwanden die Russen auf dem gleichen Weg, den sie gekommen waren.

Jetzt erst löste der Schreck meine Glieder. Ich rannte mit den Schlittschuhen an den Füßen heimwärts, als ginge es um mein eigenes Leben. Dabei musste ich über einen gepflügten Acker rennen. Ich stürzte mehrere Male, verlor die Schlittschuhe und lief weiter. Plötzlich bemerkte ich, dass zwei Russen vom Nachbargehöft kamen und dem Schoberplatz zustrebten. Sie traten an den Erschossenen heran und feuerten noch zweimal auf seinen Kopf und wieder bewegte er sich. Fast besinnungslos vor Angst übersprang ich unseren Gartenzaun und eilte zu meiner Großmutter in die Küche. Diese stand seelenruhig am Herd und war gerade mit der Zubereitung der Bratkartoffeln beschäftigt. „Oma, Oma", rief ich, „jetzt haben sie Opa erschossen!" „Kind rede doch keinen Unsinn, Opa ist doch hinten in der Stube," war ihre Antwort, ich rannte ums Haus und lief meinen Großvater direkt in die Arme, wo ich mich regelrecht ausheulte.

Später, als ich in die Küche zurückkehrte, sah ich die beiden Russen, die die Exekution vollzogen hatten, seelenruhig am Tisch sitzen, wo sie die zubereiteten Bratkartoffeln aßen. Nun erfuhr ich auch von meiner Großmutter, dass der nun Erschossenen kurz zuvor die Küche betreten und um Essen gebeten hatte. Auf die Frage eines Offiziers, ob er denn hier zu Hause sei, habe der Unbekannte es bestätigt. Die gleiche Frage, an meine Großmutter gerichtet, wurde durch sie verneint. Damit hatte sie unbewusst das Todesurteil über ihn gefällt.

Am frühen Nachmittag trat ein Offizier an meine Großmutter heran, zeigte ihr seine Armbanduhr und sagte: „In fünf Minuten raus!" „Wo sollen wir denn hin?", war ihre Frage. „Landsberg", war die Antwort! Meine Großmutter starrte ihn fassungslos an. Doch dann begriff sie, dass alles Zögern zwecklos sei. Sie wusste nun allerdings vor Aufregung nicht, was sie machen sollte. Nirgends kam sie zum Packen heran, denn überall saßen die Russen, von denen sie beiseite geschoben wurde. Inzwischen war ich zum Großvater gelaufen und hatte ihn verständigt. Meine Großmutter folgte, um wenigstens noch aus ihrer Wohnung einige Sachen zu ergreifen. Ihre Tasche mit allen Papieren, Sparkassenbüchern und Bargeld konnte sie an sich nehmen. Sie wurde ihr wenige Minuten später draußen von einem Russen vom Arm gerissen. Er verteilte den ganzen Inhalt auf dem Schnee, wo der Wind vieles fort wehte. Einige Kleidungsstücke konnte sie dann doch noch ergattern, dazu noch eine Bettdecke. In aller Eile wurde alles auf einen Handwagen verladen, den Flüchtlinge bei uns zurückgelassen hatten. Dann zogen wir ziellos von dannen.

Die Nachbarhäuser auf dem Haidehof waren schon alle von ihren Bewohnern verlassen worden, denn es waren nur noch Russen zu sehen, die sich überall breit machten. Bei Lohdes überquerten wir die Landstraße nach Ludwigsruh und begaben uns von hier aus auf einen Waldweg in Richtung Tornow. Etwa auf halbem Wege trat plötzlich aus einer Kieferndickung ein deutscher Soldat heraus, der sich nach dem Weg über die Oder erkundigte und etwas Brot haben wollte. Mit Brot konnten wir ihm leider nicht dienen, da wir an Essbarem nichts hatten mitnehmen können.
Während der ganzen Zeit heulte ich, weil ich meine Heimat nicht verlassen wollte. Als wir den Waldrand erreichten und Tornow vor uns hatten, drangsalierte ich meine Großeltern doch umzukehren, um wenigstens meine Mutter vom Flugplatz abzuholen. Sie ließen sich erweichen und kehrten auch um. Als wir die Stelle passierten, an der wir den Soldaten getroffen hatten, fanden wir ihn am Wegesrand, mit mehreren Kopfschüssen getötet, liegen. Zwar hatten wir die Schüsse gehört, hatten ihnen aber keine Bedeutung zugemessen, da fast überall geschossen wurde. Auf Umwegen erreichten wir die Neudammer Chaussee und entschlossen uns, dem Fahrzeug, das die Frauen abends zurückbrachte, entgegen zu ziehen. Überall an der Straße lagen erschossenen Sol-

daten und Zivilisten und wir bekamen es mit der Angst, dass uns das gleiche Schicksal widerfahren könnte. Den Handwagen am Straßenrand zurücklassend, flüchteten wir jedes Mal in den Wald, wenn wir Motorengeräusche vernahmen. Bald gaben wir unseren Plan, dem LKW entgegen zu gehen auf und kehrten wieder um, da inzwischen die Dämmerung hereinbrach. Wir postierten uns am Weg zum Zickenwinkel neben einer Douglasie (steht heute noch). Einige Zeit warteten wir, ehe wirklich ein LKW hielt, Viele waren schon vorbeigefahren. „Mein Gott, hier stehen sogar noch Flüchtlinge", hörten wir meine Mutter sagen, als sie vom LKW stieg. „Ja, ja, komm man, Emma, wir sind es", antwortete mein Großvater und im Nu waren wir umringt und alle wollten wissen, was passiert sei. Schnell war alles erzählt. Der russische Wachposten stand geduldig daneben und hörte zu. Da wir nun unmöglich nach Hause konnten, standen wir alle recht ratlos da. Jetzt machte sich der Wachposten bemerkbar und versprach uns, für eine Unterkunft zu sorgen.

Er ging voran, während wir ihm mit dem Handwagen folgten. Er rief schon von weitem das Losungswort des Tages dem Posten zu, damit man auf uns nicht schoss. Auf dem Hof von Paul Pulz ließ er uns warten und ging ins Haus. Er kam jedoch bald zurück und führte uns in die Wohnstube, die voller Russen war. Neugierig wurden wir von allen gemustert, jedoch von Frau Pulz selbst fehlte jede Spur. Wir durften Platz nehmen und sie boten uns auch Essen an. Doch

keiner hatte zunächst Hunger, der Magen war allen wie zugeschnürt. Inzwischen versuchte meine Mutter dem Posten zu erklären, dass wir im Nachbarhaus zu Hause seien. Er verstand es nicht und holte von nebenan eine Dolmetscherin, die ihm unser Anliegen übersetzte. Sofort sprangen zwei Offiziere auf, hakten uns unter und brachten uns zu unserem Grundstück. Natürlich standen auch hier überall Wachposten, die nur mit dem Losungswort unbehelligt passiert werden konnten. Die Offiziere führten uns in unsere Wohnstube, die völlig überfüllt mit Russen war. Hier wechselten unsere Begleiter mit den anwesenden Offizieren einige Worte und zu uns gewandt, meinten sie, sie würden morgen früh kommen um zu sehen, ob wir auch gut behandelt worden seien.
Die Wohnstube war nur spärlich beleuchtet. In unsere Schmalzschüssel hatten die Russen einen Fetzen Stoff getan und ihn angezündet, damit sie Licht hatten. Uns hatte man inzwischen auf dem Sofa Platz gemacht und wir durften uns setzen. Die anwesenden Russen saßen auf Stühlen und auf dem Fußboden verteilt und telefonierten wie die Weltmeister. Vom Buffet hatte man die Türen entfernt und eine Menge Akkus hineingestellt, die die Telefone mit Strom versorgten. Wir wagten auf dem Sofa kaum zu atmen. Nur vorsichtig ließ meine Mutter ihre Hand zwischen die Sofalehne gleiten, um nach den versteckten Strümpfen zu tasten, aber sie waren weg. Die Russen ließen uns jedoch nicht aus den Augen und als sie merkten, dass wir müde waren, ließen sie

das angrenzende Schlafzimmer räumen. Einige Offiziere kamen schlaftrunken heraus und wir konnten das Schlafzimmer benutzen. Kaum lagen wir in den Betten, öffnete sich die Tür, ein Russe kam herein und legte die gesuchten Strümpfe meiner Mutter auf das Bett. Die Telefone liefen ununterbrochen, Melder kamen und gingen, doch ich war so müde und schlief bald ein.
Als ich erwachte, war es ruhig um mich. Die Russen waren alle abgezogen. Meine Mutter hatte schon die Kühe gemolken und los gebunden. Die Offiziere, die uns abends gebracht hatten, waren früh erschienen und hatten sich bei meiner Mutter erkundigt, ob man uns auch nicht zu nahe getreten sei. Sie rieten meiner Mutter doch zu bleiben und zeigten ihr ein Schwein, das am Vortage von ihnen geschlachtet und zur Hälfte noch vorhanden war. Doch meine Mutter wollte nur weg zu den anderen Massinern. Schnell warf sie im Holzschuppen noch Holz vor die Truhe, die wir dort, mit unserer Habe gefüllt, versteckt hatten, da man einen Teil des Holzes schon verheizt hatte. Im Haus suchte sie einige Sachen zusammen, nahm noch eine Bettdecke mit und packte alles auf den Handwagen. Als der Posten erschien, um sie wieder für die Flugplatzarbeiten zu holen, gab sie ihm zu verstehen, dass wir schnellstens den Ort verlassen müssten und sie daher nicht mitkommen könne. Er zog ab und wir begaben uns zu den benachbarten Grundstücken. Dort warteten schon die Mädchen auf uns. Sie hatten sich ebenfalls noch mit einigen Kleidungsstücken eingedeckt. Alles

kam auf den kleinen Handwagen und dann ging es gemeinsam los in Richtung Landsberg, wie befohlen. Am Waldrand lagen noch immer die erschossenen Wachleute im Schnee. Einige von ihnen auf dem Rücken liegend mit erhobenen Händen. Ein Anblick, den man nie vergisst. Die Ortschaft Massin befand sich in einem chaotischen Zustand. Das Inventar der Häuser lag überall umher, mit den Federn der aufgeschlitzten Betten spielte der Wind. Tierkadaver säumten die Straßen. Die Türen und Fenster der Häuser standen weit auf und bewegten sich im Wind. Es war gespenstisch! Nirgends war eine Menschenseele zu sehen. Nur einige Russenfahrzeuge waren in Richtung Neudamm unterwegs. Die Einwohner hatten schon am Tag zuvor den Ort verlassen müssen.
Am Ortsausgang nach Vietz überquerte, laut brüllend, eine Rinderherde die Straße, sie waren alle von ihren Besitzern losgebunden worden und fanden kein Futter im Schnee. Inzwischen hatte auch wieder der Verkehr auf der Straße zugenommen. Ein LKW folgte dem anderen. Sie waren alle besetzt mit Soldaten, die laut grölten. Wahrscheinlich waren sie von den Alkoholexzessen der Nacht noch nicht wieder nüchtern. Sie fanden gefüllte Lagerräume mit Spirituosen aller Art vor und bedienten sich entsprechend. Selbst kurz vor den Zusammenbruch wurde an die deutsche Bevölkerung kaum etwas ausgegeben, so dass alles in die Hände der Russen fiel.
Während die Laster an uns vorüberfuhren, tauchte hinter einer Straßenbiegung eine Kuh vor einem LKW auf. Sie kam mit gesenktem Kopf geradewegs auf uns zu, nahm den Hand-

wagen auf die Hörner und landete damit im Straßengraben landete. Dort blieb sie, laut brüllend, mit einem gebrochenen Vorderlauf liegen. An unserem Handwagen war, Gott sei Dank, nur die Achse verbogen. Sie konnte von meinem Großvater, unter einen Schwall von Flüchen über das blöde Mistvieh, gerichtet werden. Uns selber war nichts passiert, denn wir waren rechtzeitig zur Seite gesprungen.
Unser Hund Molli, ein Terrier, der uns begleitete, hatte die kuriose Eigenschaft, laut kläffend die Autos anzunehmen. Diese Eigenschaft wurde ihm bald zum Verhängnis. Er wurde überfahren. Auch Forsthaus Rehberg, an dem wir vorbeizogen, lag verlassen da. Fenster und Türen standen weit offen. Der Revierförster war verschleppt worden und sollte nicht mehr zurückkehren.
Die Ortschaft Vietz machte einen noch trostloseren Eindruck als Massin. Hier standen von etlichen Häusern nur noch die Grundmauer. Sie waren wahllos angesteckt und ein Opfer der Flammen geworden. Die vom Feuer verschont gebliebenen Häuser waren demoliert und ausgeplündert. Das Mobiliar lag auch hier überall herum. Gleich am Ortseingang begrüßte uns mit lautem Meckern eine Ziege, die sich bei bestem Willen nicht vertreiben ließ. Sperrten wir sie auf einem Hof ein, so fand sie garantiert ein Loch und war wieder heran. Dennoch gelang es meinem Großvater mit viel Geduld, sie in einem Garten einzusperren, dem sie nicht so schnell entkam. Nun aber gesellte sich ein Schäferhund zu uns, der nicht weichen wollte.

Auf dem Marktplatz, den wir bald danach erreichten, sammelten sich Hunderte von Flüchtlingen, die von hin- und herlaufenden Russen aufgehalten wurden. Viele hatten nicht einmal einen Handwagen bei sich sondern nur ihre Tasche und was sie am Leibe trugen. Wir wurden ebenfalls aufgehalten, ohne zunächst den Grund dafür zu erfahren. Bald jedoch hieß es, dass wir alle zum Verhör müssten und würden nach Russland abtransportiert, wenn herauskäme, dass Angehörige von uns in Russland gekämpft hätten.
Nach stundenlangem Warten brachte man uns in ein mehrstöckiges Haus in die Nähe des Bahnübergangs (steht heute nicht mehr). Der Schäferhund blieb am Handwagen zurück. Über einige Treppen gelangten wir im oberen Stockwerk in einen Raum, in dessen Mitte ein langer Tisch, an dem mehrere Offiziere saßen, stand. Über einen Dolmetscher gaben sie uns zu verstehen, dass wir ihre Fragen wahrheitsgemäß zu beantworten hätten, denn sie seien im Besitz aller Unterlagen. Das Verhör begann mit den Großeltern, die ohne Umschweife gestanden, einen Sohn bei der Feldpost in Russland zu haben. Sofort warfen die Offiziere auf und behaupteten, er wäre bei der SS und sie sollten nicht lügen. Schon gaben sie dem Wachposten an der Tür einen Wink uns beiseite zu schaffen, als ein glutroter Feuerball, in dem viele Gegenstände umherwirbelten, vor dem Fenster emporstieg. Die Fensterscheiben barsten und Teile der Decke lösten sich Die Offiziere sprangen blitzschnell auf und stürzten nach unten in den Keller. Wir folgten ihnen, nutzten jedoch ihre

Verwirrung, eilten auf die Straße und verschwanden mit dem Handwagen Richtung Warthebruch. Der Wachposten, der vor dem Hause gestanden hatte, lag blutüberströmt da. Er war tot. Der Schäferhund war verschwunden. Über uns kreisten deutsche Flugzeuge, die Bomben geworfen hatten. Eine Bombe war unweit des Hauses niedergegangen und wurde dadurch zu unserer Rettung.

Ein Gebäude zwischen Straße und Flockenfabrik war ebenfalls getroffen worden und brannte nun lichterloh. Von überall schoss die Flak, dazwischen detonierten weitere Bomben. Es schien die Hölle los zu sein. Niemand beachtete uns, geschweige denn folgte uns und so zogen wir im Eiltempo in Richtung Pyrehne. Wir sahen, das die Russen auch hier am Ortsausgang von Vietz auf den Häusern Flakstellungen eingerichtet hatten.

Gegen Abend erreichten wir die Ortschaft Pyrehne in der uns eine Frau namens Müller, die uns auf der Straße ansprach, ihr Einfamilienhaus zur Verfügung stellte. Sie selbst hielt sich schon seit Tagen, wie sie sagte, bei ihrem Sohn auf. Sie war froh, jemanden gefunden zu haben, dem sie ihr Häuschen anvertrauen konnte. Es war ein relativ neues Häuschen mit Küche, Wohn- und Schlafstube im Erdgeschoss. Es herrschte jedoch darin ein heilloses Durcheinander. Die Russen hatten die Schränke aufgerissen und ihren Inhalt im Zimmer verstreut. Die Betten waren, wie gewöhnlich, aufgeschlitzt und einige Möbel teilweise zertrümmert. Schnell wurde erst einmal, wie es bei den Deutschen üblich ist,

Ordnung geschaffen. Es wurde aufgeräumt und der hinterlassene Dreck der Russen, die darin einige Tage "gehaust" hatten, nach draußen geschafft. Stroh wurde aus der zum Grundstück gehörenden Scheune geholt und ein provisorisches Lager in der Stube auf dem Fußboden zurecht gemacht. Für meinen Großvater wurde im gleichen Zimmer ein Bett hergerichtet. Die angrenzende Schlafstube wurde aus Pietätgründen nicht benutzt.
Schon am anderen Morgen hatten die Russen ausfindig gemacht, dass das Haus nicht mehr leer stand. Sie stellten weiter mit Genugtuung fest, dass auch noch junge Mädchen anwesend waren. Sie wurden wenig später aufgefordert ihnen zu folgen, um für sie zu kochen und zu waschen. Auch meine Mutter (43) musste in den nächsten Tagen mit. Abends kamen sie regelmäßig zurück. Doch sie sollten nicht zur Ruhe kommen! Kaum waren sie daheim, kam die nächste Invasion. Es waren immer wieder die Offiziere, die sich von einigen Ausnahmen abgesehen, unmöglich benahmen. Sie brachten Essen und Trinken mit, nur die Kartoffeln mussten noch von den Frauen zubereitet werden und dann nahm der „Prasdnik" seinen Lauf. Im Wohnzimmer, wo sich unser Nachtlager befand, ließen sie sich am Tisch nieder und speisten, Dazu tranken sie den mitgebrachten Schnaps aus Tassen und warfen die Reste vom Essen auf den Fußboden. Dazu schrieen sie wild durcheinander, fuchtelten mit ihren Pistolen in den Händen umher, so dass man glaubte, sie wollten uns alle erschießen. Dann hatten wir wieder das Gefühl, dass sie die

anwesenden Mädchen und Frauen unter sich auszulosen schienen, um sie dann nach nebenan ins Schlafzimmer oder nach draußen in den Holzschuppen zu schleppen und zu vergewaltigen. Die Schreie der Betroffenen höre ich noch heute, sie wehrten sich zwar nach Kräften, aber es half alles nichts. Die Freundin meines Bruders flüchtete sogar ins Bett meines Großvaters, doch auch dort wurde sie heraus gezerrt.

Es lässt sich einfach nicht alles berichten, was sich in Ortschaften, während dieser Zeit, abgespielt hat, besonders auch noch verstärkt durch den Alkoholgenuss.

Selbst Übernachtungen im Ort in einem Massenquartier waren notwendig, um all den vielen Schikanen einigermaßen zu entgehen. Eine derartige Übernachtung habe ich miterlebt. Wir bekamen abends angebrannten Milchreis vorgesetzt und bezogen dann in einem großen Raum auf einem Strohlager, Männer, Frauen und Kinder bunt durcheinander, unser Nachtquartier. Morgens mussten dann die Erwachsenen wieder zur Arbeit auf den Feldflugplatz.

In unserem Quartier in Pyrehne kehrte erst Ruhe ein, nachdem sich ein Russe etabliert hatte und die Konkurrenten fern hielt. Es gab aber immer wieder einzelne Russen, die sich völlig anders verhielten und uns vor ihresgleichen zu schützen versuchten. Gleich in den ersten Tagen in Pyrehne lernten wir drei Russen kennen, die auf dem Wege zur Front waren und große Anteilnahme an unserem Schicksal bekundeten. Sie sprachen gut deutsch, erzählten von ihren Famili-

en, verdammten den Krieg und meinten zum Schluss: „Heute rot, morgen tot!"
Beim Bau des Flugplatzes wurden auch hier kaum Maschinen eingesetzt. Die schweren Planierungsarbeiten mussten die Frauen mit Spaten und Schaufel vollbringen. Inzwischen erwies sich für das Starten und Landen der Militärflugzeuge der Kirchturm in Pyrehne als Hindernis und wurde gesprengt. Pfarrer Lent ist in den Tagen zuvor erschossen worden. Er starb erst nach Stunden, ärztliche Hilfe gab es nicht. Einige meinten damals, es wäre wegen seines hochdekorierten Sohnes gewesen, doch woher sollten das die Russen bei diesem Durcheinander im Ort gewusst haben?
Eines Vormittags befuhr eine schwarze Limousine den Hof unseres Quartiers. Zwei Offiziere stiegen aus und besahen sich eingehend das Gelände. Sie befragten mich auf deutsch, woher wir kämen, was wir hier machen, wo die Eltern sind und noch einiges mehr. Da ich auf ihre Fragen entsprechend parierte, waren sie offensichtlich sehr mit mir zufrieden und wollten mich mit nach Russland nehmen. Sie lachten, stülpten mir eine Pelzmütze über den Kopf und forderten mich auf, ins Auto zu steigen. Meine Großeltern, die das ganze Szenarium aus der Laube mit angesehen und gehört hatten, brachen nun in Tränen aus und baten die Offiziere, doch von ihrem Vorhaben Abstand zu nehmen. Erst nach langem Zureden und Betteln ließen sie endlich von mir ab.
In den Vormittagsstunden des 1. März 1945 erschienen plötzlich etliche russische Offiziere bei meinen Großeltern

und forderten sie auf, in fünf Minuten das Haus zu räumen. Wieder standen meine Großeltern vollkommen überrascht da und wussten wieder nicht, was sie machen sollten. Jetzt schaltete ich mich ein und sagte, dass ich dazu meine Mutter vom Flugplatz holen müsse. Wir verhandelten über einen Aufschub und die Russen willigten ein.
So schnell wie möglich eilte ich zum Flugplatz, verständigte meine Mutter und die Mädchen, die sich uns angeschlossen hatten. Nur widerstrebend ließen die Wachposten meine Mutter gehen, während die Mädchen bleiben mussten. Tage später versuchten sie nach Massin zu gelangen, im Glauben ihre Eltern seien schon dort. Das war jedoch ein Trugschluss und sie mussten wieder zurück. In Gennin fanden sie dann endlich ihre Angehörigen wieder. Über ihre schrecklichen Erlebnisse in diesen Tagen haben sie nie berichtet.
Als ich mit meiner Mutter vom Flugplatz zurück kam, standen meine Großeltern schon mit dem Handwagen, zum Aufbruch bereit, vor der Tür. Wenig später stieß noch Frau Müller mit ihren Angehörigen zu uns und gemeinsam zogen wir in Richtung Landsberg. Als wir durch die Ortschaft Dühringshof zogen, sahen wir in den Wiesen vor einem Haus eine Frau stehen, die uns mit einem weißen Tuch zuwinkte. Da sich niemand weiter auf der Straße befand, mussten wir wohl gemeint sein und folgten ihrer Aufforderung. Die Frau empfing uns äußerst freundlich und bat uns, ihnen Gesellschaft zu leisten. Sie meinte, je mehr wir seien, um so sicherer wäre es für uns alle, denn in Dühringshof sei schon aller-

hand passiert. Außer ihr waren noch mehrere Familien anwesend. Zusammen waren wir etwa 12 bis 15 Personen, die sich nun im Hause aufhielten. Wir luden also unsere Habseligkeiten vom Wagen ab und bezogen die beiden Zimmer im linken Teil des Hauses.

In den Vormittagsstunden des 02.03.1945 erschienen drei russische Offiziere mit langen Säbeln an der Seite. Sie durchschritten, ihrer Macht bewusst, die Räume des Hauses. Sie redeten auf uns ein und machten fortwährend die Bewegung des Halsabschneidens. Herr Müller aus Pyrehne, mit dem ich im angrenzenden Zimmer zur Küche saß, lachte und scherzte noch mit ihnen. Sie gingen dann wieder, ohne weitere Kommentare von sich zu geben.

Um die Mittagszeit wurden wir plötzlich durch Schüsse aus dem Nachbarhaus, das etwa 60 m entfernt lag, aufgeschreckt. Nichts Gutes ahnend, stürzten wir nach draußen vor die Tür, wo noch unser Handwagen stand. In aller Eile begann meine Mutter unsere Sachen aufzuladen. Einige Kaninchen flitzten an uns vorbei und ich meinte noch beiläufig, dass die Russen sicherlich Kaninchen schießen wollen. Doch unerwartet öffnete sich in dem betreffenden Haus ein Fenster, ein Mann sprang völlig kopflos heraus und lief wieder zurück auf den Hof. Abermals wurde geschossen.

Kurz danach verließ ein Russe mit, einem Karabiner auf der Schulter, das Grundstück. Er kam schnurstracks auf uns zu, blieb vor uns stehen, musterte jeden von uns scharf und deutete mit einer Handbewegung an, dass wir ins Haus gehen sollten. Dort trieb er uns alle in ein Zimmer im rechten Flügel des Hauses, während er an der Tür Aufstellung nahm. Er ließ seinen Blick von einem zum anderen schweifen, dann schrie er uns unvermittelt an: „Hitler karosch?" „Nein", antworteten wir fast gleichzeitig und schüttelten dabei den Kopf. „Stalin karosch?", lautete seine nächste Frage. Natürlich wurde sie mit „Ja" beantwortet. Mit der Antwort sichtlich zufrieden, richtete er weitere Fragen auf russisch an uns, doch niemand verstand ihn. Seine Stimme wurde lauter und meine Mutter, die annahm, er wolle wissen, weshalb wir alle hier zusammen wären, sagte: „Nun Kommandant sagen, alle raus." Kaum hatte sie das gesagt, riss er schon den Karabiner von der Schulter und legte auf sie an. Mit einem Aufschrei ging sie zu Boden, indem sie mich an sich riss. Verdutzt schaute der Russe nun in die Runde, schulterte seinen Karabiner und verließ das Haus in Richtung Nachbargrundstück. Während wir uns auf unsere Zimmer verteilten, hörten wir von nebenan wieder Schüsse. Wenige Minuten später erblickten wir den Russen, wie er erneut unserer Unterkunft zustrebte.

Er betrat das Haus, blieb in der Küche stehen und sah einige Zeit der Eigentümerin zu, die in der angrenzenden Kammer einige Sachen zusammen suchte. Da sie auf seine Fragen, die in russisch an sie gerichtet waren, nicht reagierte, versuchte Herr Müller, der in der Tür zur Küche stand, eine Erklärung abzugeben. Er sagte, die Frau wolle sich nur einige Sachen suchen. Weiter kam er nicht, denn ein Schuss fiel und er stürzte der Länge nach zu uns ins Zimmer. Der Russe verließ das Haus, ohne sich noch einmal umzusehen, während wir kopflos hin und her rannten. Es war immer so, dass man in solchen Situationen nicht fähig war, klar zu denken. Nach wenigen Minuten hatten sich alle weitgehend gefasst und konnten nur noch den Tod von Herrn Müller feststellen. Es war schwer zu begreifen, dass er nicht mehr lebte, da er uns mit seinen blauen Augen weiterhin anschaute. Die Kugel war in seinen rechten Oberarm eingedrungen und hatte den Brustkorb durchschlagen.

Während wir über eine weitere Flucht entschieden, schrie meine Großmutter plötzlich auf: „Herrgott, ich blute ja!" Und richtig, meiner Großmutter lief das Blut in Strömen aus dem Ärmel und es hatten sich schon Blutlachen auf dem Fußboden gebildet. Sie hatte, nach ihrer Aussage, die Schussverletzung nicht wahr genommen, Der abgegebene Schuss auf Herrn Müller hatte auch ihren Arm durchschlagen, da sie unmittelbar mit mir dahinter gestanden hatte. Meine Mutter schnitt ihr sofort den Ärmel vom Kleid auf und legte den Unterarm frei. Die Schussverletzung im Unterarm blutete natürlich sehr stark, und meine Mutter verband sie mit sauberen Taschentüchern.

Mein Großvater, der zunächst nicht ansprechbar war, erholte sich zusehends und beschloss nun, sich beim Kommandanten zu beschweren. Wir brachen also auf zur Kommandantur, die sich an der Hauptstraße befinden sollte, wie uns die Eigentümerin des Hauses versicherte. Als wir jedoch am

Nachbarhaus vorbeikamen, schaute meine Mutter, alle Angst vergessend, hinein. Sie prallte entsetzt zurück. Alle Flüchtlinge, ob Frauen, Männer und Kinder, waren erschossen worden. Der Mann, der aus dem Fenster gesprungen war, lag erschossen vor der Eingangstür. Meine Großmutter, die mitgekommen war, wimmerte jetzt vor Schmerzen, sie hielt den durchschossenen Arm hoch, um möglichst wenig Blut zu verlieren. Vor der Kommandantur angekommen, deutete der Posten, der davor stand, auf einen Nebenweg. Dort sollte sich angeblich die Kommandantur befinden. Ein abgekartetes Spiel, denn als wir in den Weg einbogen, sahen wir vor uns den Russen mit geschultertem Karabiner dem Walde zustreben. Sicherlich wollte er uns dort abfangen und ebenfalls erschießen. Wir kehrten sofort um, packten unsere Sachen auf den Handwagen und zogen weiter. Die übrigen Flüchtlinge im Hause folgten unserem Vorgehen und Minuten später war das Haus leer.

Etwas weiter kehrten wir bei Familie Rau (oder Rauch?) ein, die mein Großvater von früher recht gut kannte. Herr Rau freute sich riesig über unsere Ankunft und sagte zu meinem Großvater, dass das Wiedersehen später entsprechend begossen werden müsse. Das Vorgefallene registrierte er zwar und meinte wie nebenbei, dass der Russe schon an die 30 Personen im Ort erschossen hätte. Er habe die Aufgabe, sie alle unter die Erde zu bringen. Als wir Herrn Rau Wochen später aufsuchten, berichtete er uns, dass beim Ausheben der Grube für Herrn Müller, der Russe mit zwei 16- bis 18-

jährigen Jungs von der Straße kam. Sie mussten sich am Rande der Grube aufstellen und wurden von ihm erschossen.

Außer uns beherbergte Herr Rau noch etliche andere Familien aus der Küstriner Gegend. Wir quartierten uns alle in der Wohnstube ein. Die Frauen mit ihren Kindern lagen alle auf dem Fußboden. Meine Mutter hatte für uns den Platz unter dem Tisch ausgewählt, natürlich unter dem Aspekt, hier nicht so schnell von den Russen entdeckt zu werden. So war es auch. Die Russen kamen im Dunkeln und suchten nach Frauen, indem sie mit ihren Taschenlampen in die Gesichter leuchteten, um die Jüngsten ausfindig zu machen. Alle Frauen und Mädchen hatten ihr Aussehen verändert: Sie hatten sich Mehl In die Haare gestreut und Falten auf die Stirn gemalt. Herr Rau, der etwas russisch sprach, gab den Russen jedes Mal zu verstehen, dass es sich um alte und kranke Frauen handele. Laut fluchend, zogen sie weiter. Ob sie nochmals kamen, weiß ich nicht, ich bin darüber eingeschlafen. Kurz vor Mitternacht soll es gewesen sein, als Herr Rau mit meinem Großvater verschwand. Sie hatten die Scheune aufgesucht, in der er seine letzten Flaschen Schnaps versteckt hatte. Sie zechten sicherlich die ganze Nacht hindurch, denn am anderen Morgen war mein Großvater total betrunken und nicht mehr in der Lage, die gegenwärtige Situation zu erfassen. Meine Mutter war völlig verzweifelt, wollten wir doch beizeiten weiter in Richtung Landsberg ziehen.

Gegen 10.00 Uhr brachen wir erst von Dühringshof auf. Es hielt uns hier nichts mehr. Nur weg von dem Ort des grau-

sigen Geschehens! Weiter ging es in Richtung Landsberg. Mein Großvater bereitete uns, noch voll alkoholisiert, beim Weitermarsch erhebliche Schwierigkeiten, da er nicht am Straßenrand blieb. Er strebte immer der Straßenmitte zu und es fehlte nur wenig und er wäre überfahren worden. Dabei sang er oder heulte auch, wenn er seine Frau mit dem verbundenen Arm erblickte. Beide konnten uns beim Ziehen des Handwagens nicht helfen, zumal der durchschossene Arm meiner Großmutter ihr noch immer erhebliche Schmerzen bereitete. Von Frau Müller konnten wir auch keine Hilfe erwarten, sie war durch den Verlust ihres Mannes vollkommen mit sich selbst beschäftigt.
Der Verkehr auf der Reichsstraße 1 riss nicht ab. Auto an Auto rollte in Richtung Küstrin und wir hatten Mühe, vorwärts zu kommen. Trotzdem erreichten wir etwa um die Mittagszeit oder kurz danach die Ortschaft Loppow, in der wir beschlossen, nach einer Unterkunft Ausschau zu halten, da hier scheinbar keine Häuser durch Russen besetzt waren. Im Schulgebäude an der Kirche fanden wir in der Wohnung von Lehrer Niemand, der geflohen war, eine Bleibe. Selbstverständlich musste auch hier erst einmal gründlich aufgeräumt werden, denn der Fußboden war bedeckt mit allerlei Unrat. Das allerdings überließ meine Mutter meinem Großvater und Frau Müller, denn die Schussverletzung machte eine schnelle ärztliche Hilfe unbedingt erforderlich und die hofften wir in Landsberg zu finden. Nachdem der Handwagen von unseren Sachen befreit war, setzten wir die Groß-

mutter hinein und zogen mit ihr nach Landsberg. Der Nachschub rollte nach wie vor in Richtung Westen, sie ließen uns aber unbehelligt ziehen. Es sah grauenhaft überall aus. Links und rechts der Straße lagen aufgedunsene Leichen, ferner Pferdekadaver, Überreste von Flüchtlingstrecks, nicht fahrbereite Autos, Stahlhelme etc. Die Häuser an der Straße selbst standen leer und wirkten mit ihren offenen, meist kaputten Fenstern und Türen furchterregend.

Landsberg war ebenfalls nicht wieder zu erkennen. Ganze Straßenzüge waren niedergebrannt. Man hatte die Häuser nach den Plünderungen wahllos angesteckt. Wir kannten das zwar schon von den durchquerten Ortschaften, aber bei weitem nicht in diesem Ausmaß. Oft waren nur Trümmerhaufen vorhanden, aus denen der Rauch noch aufstieg. Herabstürzendes Mauerwerk hatte die Straßen stark eingeengt, die Bürgersteige waren selten zu benutzen. Ausgebrannte Straßenbahnwagen standen auf der Straße oder lagen am Rande zwischen herabgestürzten Eisenträgern. Das Geschäftshaus Bonnemann, das von allen Seiten von Straßen umgeben war, war ebenfalls bis auf die Grundmauern niedergebrannt. Das gegenüberliegende Postamt war stark beschädigt.
Nur mühsam erreichten wir nach vielem Fragen das Krankenhaus. Doch wie groß war unsere Enttäuschung, als wir vor Ort erfuhren, dass sowohl das gesamte Personal als auch die Einrichtung selbst vorübergehend verlegt worden waren. Wir fanden aber dennoch eine Krankenschwester, die

sich den Arm ansah und ihn auch entsprechend versorgte. Auf dem Rückweg durchsuchten wir die noch rauchenden Trümmerberge nach Brauchbarem. Wir fanden natürlich keine Nahrungsmittel, dafür aber etliche Teller, die wir mitnahmen. Zwischen Wepritz und Loppow stand rechts der Straße ein einzelnes Haus, das einen großen Durchschuss aufwies. Hier fanden wir später einen Sack Schrot, der uns so manche Suppe bescherte.

Nach Loppow zurückgekehrt, meinte meine Mutter zu ihren Eltern und Frau Müller, dass es doch ratsam wäre, hier erst einmal zu bleiben, denn in Landsberg hätte es schon längst keinen Zweck.

Nun waren die nächsten Tage damit ausgefüllt, uns einigermaßen wohnlich einzurichten und die leer stehenden Häuser nach Nahrungsmitteln zu durchsuchen. Kartoffeln fanden wir im Keller eines abgebrannten Wohnhauses genügend, nur mit Getreide sah es schlecht aus. An Fett war gar nicht zu denken. Wir Kinder durchstreiften alle Gebäude, selbst die Dachböden wurden abgesucht und wir waren jedes Mal froh, wenn wir noch etwas Getreide fanden, das zu Mehl in der Kaffeemühle gemahlen werden konnte. Davon wurde, zusammen mit gekochten Kartoffeln, Brot gebacken und das schmeckte frisch besonders gut!

Jeden zweiten Tag mussten wir mit der Großmutter nach Landsberg, um ihren Arm verbinden zu lassen. Später aber ohne Handwagen, denn sie hatte den Schock überwunden und konnte selber gehen. Auf diesen Wanderungen trafen

wir oft Bekannte, aber auch fremde Leute hielten uns an und nahmen uns mit in ihre Wohnung, um mit uns das Letzte zu teilten. So trafen wir eines Tages auch unseren Nachbarn Gustav Lohde in Landsberg, mit dem sich meine Mutter recht lange unterhielt. Er teilte ihr mit, dass wir bald wieder nach Massin zurück könnten und er würde uns in Loppow rechtzeitig abholen, wenn es so weit wäre. Auf diesen Gängen nach Landsberg stießen wir auch eines Tages auf eine Salzspur, wahrscheinlich hatten die Russen das Salz verloren. Es war scheinbar Gottes Fügung, denn seit einigen Tagen war uns auch das Salz ausgegangen und so klaubten wir es von der Straße, um es dann daheim zu säubern.
Mein Großvater hatte inzwischen in Loppow eine Beschäftigung bei den Russen gefunden. Er musste für die dortige Kommandantur nachts die Kornböden bewachen. Wenn er dann morgens heimkehrte, brachte er stets einen Beutel mit Getreide heim, den er unter seiner Joppe versteckt hatte. Der Inhalt gelangte dann sofort in die Kaffeemühle, um gemahlen zu werden.
Eines Morgens kam er heim und meinte: „Heute essen wir Pellkartoffeln mit Leinöl." Er hatte nämlich auf seinen nächtlichen Kontrollen einen Hausboden ausfindig gemacht, auf dem sich noch etliche Zentner Leinsamen befanden. Ohne wie sonst üblich, sich vormittags hinzulegen, machte er sich sofort an die Arbeit. Im Klassenraum der Loppower Schule stand eine Hobelbank, mit deren Hilfe wollte er aus dem Leinsamen Öl pressen. „Ihr werdet euch die Finger lecken",

sagte er noch zu uns, während er den Leinsamen in einen Sack tat und zwischen zwei Bretter in den Schraubstock der Hobelbank spannte. Er drehte nun am Schraubstock und hoffte, das Öl würde nun aus dem zusammen gepressten Sack in eine darunter gestellte Schüssel tropfen. Wir Kinder standen alle drum herum und warteten. Doch es tropfte kein Öl, sondern der Sack platzte und der Leinsamen fiel in die Schüssel. Er versuchte es noch einige Male, gab dann aber auf.

Nachts wurden wir häufig durch Bombenabwürfe unserer Flugzeuge aus dem Schlaf gerissen. Dann drückten wir uns ängstlich in die Ecken des Zimmers, in der Hoffnung, bei einem Treffer nicht die Decke auf den Kopf zu bekommen. „Christbäume" am Himmel ließen oft die Nacht zum Tag werden, sie sollten die Ziele sichtbar machen. Die Eisenbahnlinie südlich des Ortes war häufig Ziel der Bombenangriffe. Einmal gelang es den Russen einen Bomber abzuschießen, der in der Nähe der Ortschaft Gennin in die Wiesen stürzte. Ein riesiger Trichter markierte die Absturzstelle, vom Piloten waren nur noch die Stiefel sichtbar.

Wir Kinder benutzten die weiterhin schulfreie Zeit für ausgedehnte Streifzüge. Wir schnüffelten überall herum in der Hoffnung, etwas Brauchbares zu finden. Mittlerweile waren wir eine schöne Truppe, da sich die Nachbarhäuser ebenfalls mit Flüchtlingen gefüllt hatten. Sogar die Kirche untersuchten wir, obwohl die Russen dort zwischenzeitlich ihre Pferde untergestellt hatten. Allabendlich hockte auf der ersten

Bank eine ältere Frau zwischen all dem Unrat und betete. Wir Kinder genossen dagegen die schöne Aussicht vom Kirchturm. Zu unseren Füßen lag die Ortschaft Loppow, die durch die Straße geteilt wurde. Die Militärfahrzeuge wirkten von oben wie Spielzeug. Mit einem gefundenen Feldstecher konnten wir weit ins Land schauen, besonders weit ins Warthebruch. Die Kirchenorgel hatte es uns Kindern ebenfalls angetan. Einer von uns trat den Blasebalg, die anderen versuchten zu spielen. Erwachsene, die vorbeikamen, waren verwundert über die Orgelmusik. Sie schüttelten nur den Kopf, wenn sie uns erblickten.

Vom Kirchturm hatten wir am Eisenbahndamm südlich der Ortschaft die Überreste eines entgleisten Zuges wahrgenommen. Es soll sich um den letzten Zug gehandelt haben, der Landsberg verließ und bei Loppow auf einen haltenden Räumungszug aufgefahren war. Dabei entgleisten einige Waggons und brannten vollkommen aus. Die verkohlten Leichen saßen oder lagen noch in den Waggons, sie schienen uns mit ihren weißen Zähnen regelrecht anzugrinsen. Die Lok hatte sich mit ihrem vorderen Teil unterhalb des Bahndamms ins Erdreich geschoben. Wir kletterten in den Führerstand und fanden dort einen Eisenbahner, der von den Füßen bis zur Brust aufwärts verbrannt war. Sein Gesicht und ein Teil seiner Uniform waren noch gut zu erkennen, er trug einen blonden Schnurrbart. Jedoch war der Verwesungsgeruch derartig stark, dass wir schleunigst wieder das Weite suchten.

Etliche hundert Meter von dieser Unglücksstelle entfernt in Richtung Wepritz, entdeckten wir ebenfalls Überreste eines Zuges. Sie stammten von einem russischen Militärzug, der mit Verwundeten und Beutegut in Richtung Osten unterwegs und Opfer deutscher Flugzeugangriffe geworden war. Nach Aussagen Einheimischer sollen die Leichen meterhoch gelegen haben. Bombentrichter links und rechts des Bahndammes waren noch stumme Zeugen des Angriffs. Aus den Gräben unterhalb des Bahndamms holten wir unzählige Taschenmesser heraus, die uns später als Tauschobjekte dienten.

Beim Durchstöbern verlassener Häuser im Warthebruch stießen wir u. a. auf eine große Holzkiste, in der wir Nahrungsmittel vermuteten. Doch wir staunten nicht schlecht, als wir sie öffneten, sie war voller Handgranaten. Zwischen Loppow und Gennin befanden sich an der Reichsstraße 1 herrliche Villen, die wohl erst in den letzten Jahren errichtet worden waren. Sie sind von ihren Eigentümern fluchtartig verlassen worden. Türen und Fenster standen weit offen, sofern sie nicht demoliert waren. In einem Rundfunkgeschäft lagen alle Geräte der Firmen „Telefunken", „Blaupunkt" etc. sinnlos zerstört auf dem Fußboden umher. In diesen Häusern befand sich auch ein Fahrradgeschäft gefüllt mit Ersatzteilen, die kompletten Räder hatten sich die Russen schon geholt. Auf den Straßen machten sie damit ihre Fahrversuche, welche meist mit Stürzen endeten. Aus den vorgefundenen Ersatzteilen bauten wir uns Fahrräder zusammen und fuhren damit umher. Oft dauerte die Freude nicht lange, denn die Russen nahmen uns die Räder wieder weg. In Landsberg mussten die verbliebenen Deutschen alle Fahrräder einsammeln. Dort standen sie dann in Unmengen vor dem Hauptbahnhof und warteten auf den Abtransport in Richtung Osten.

Häufig standen wir Kinder an der Straße, um die vorbeifahrenden Russen nach „Chleb“ (Brot) anzubetteln. So standen wir wieder einmal, unweit der Kirche und oberhalb einer Gaststätte und versuchten, etwas Brot zu bekommen. Plötzlich hielt ein Jeep und wir rannten hin. Die ersten Jungen, die den Jeep erreichten, nahmen sofort wieder Reißaus. Als ich am Jeep ankam, sollte ich einsteigen. Nur schnell einen Blick auf die übrigen Offiziere im Jeep werfend, riss ich mich los und rannte die Straßenböschung hinunter. Beim Umdrehen bemerkte ich, wie ein Russe zur Pistole griff. Mit einem Hechtsprung setzte ich über den Gartenzaun und verschwand noch hinter der Hausecke, bevor die Schüsse fielen. Mit wenigen Sätzen überflog ich den Hof, das Haus als Deckung nutzend, erreichte den Stall hinter der Gastwirtschaft und verschwand darin. Dort stolperte ich noch fast über einige deutsche Soldaten, die erschossen am Boden lagen. Ich erklomm das rückwärtige Fenster und sprang in den Garten, um von dort auf Umwegen durch etliche Gärten die Kirche zu erreichen. Hier erstieg ich den Kirchturm und spähte von oben vorsichtig herab. Die Offiziere suchten unten noch nach mir, brachen wenig später aber die Suche ab und fuhren weiter in Richtung Gennin. Tage später habe ich versucht den Zaun nochmals zu überspringen. Es gelang mir nicht mehr.

Häufig spielten wir Kinder auch in den nördlich von Loppow gelegenen Bergen. Dort fanden wir Stielhandgranaten und probierten ihre Wirkung aus, indem wir sie bergab warfen und in Deckung gingen. Es krachte ja überall noch, so dass es nicht auffiel. In einem Tälchen stand ein Transformatorenhäuschen, in welchem Isolatoren aufgestapelt lagen. Hier räumten wir auf! Auch in die Nähe der Revierförsterei gelangten wir, trauten uns aber nicht hinein.

In unserer Nachbarschaft hielten sich seit Tagen zwei Schwestern auf, die auf der Flucht von ihrer Mutter getrennt worden waren. Sie waren beide noch sehr jung. Vor dem Zugriff der Russen hielten sie sich in einer Dachkammer eines leerstehenden Hauses versteckt. Eines Tages wurden sie jedoch entdeckt und nun versuchten die Russen, zunächst die Jüngere zu vergewaltigen. Entschlossen beugte sich die um zwei Jahre ältere Schwester über sie, um sie zu schützen. Sie wurde brutal in den Kopf geschossen und verblutete, während ihre Schwester im gleichen Bett vergewaltigt wurde. Am nächsten Tag traf ihre Mutter zufällig in Loppow ein und konnte nur noch ihr jüngstes Kind in die Arme schließen.

Anfang April erschienen, äußerst aufgeregt, Russen bei uns im Zimmer. Sie meinten, dass in den Bergen Faschisten mit Fallschirmen abgesprungen seien. Bald darauf war von dort eine wilde Schießerei zu hören, die erst gegen Abend ver-

ebbte. Später kamen die Russen zurück und sagten: „Alle kaputt."
Am 20. April, dem Geburtstag von A. Hitler, überflogen zahlreiche sowjetische Bomber Loppow in Richtung Westen. Jetzt hieß es lakonisch: Die wollen Adolf einheizen!
Seit Tagen wälzten sich schon nicht enden wollende Kolonnen deutscher Kriegsgefangener in Richtung Landsberg durch den Ort. Sie wurden beiderseits durch russische Soldaten mit schussbereiter MPi begleitet. Abgemagert, unrasiert und verdreckt kamen sie an. Ein furchtbarer Anblick. An den Füßen häufig kein Schuhwerk mehr sondern Lumpen, die meist nur noch Fetzen glichen. Viele schleppten sich nur noch mühsam vorwärts, ein Zurückbleiben bedeutete den Tod für sie. Zuwinken konnten wir ihnen nicht, wir hielten nur Ausschau nach Bekannten.
Mitte April half ich meiner Mutter beim Spargelstechen, zu dem alle Deutschen aufgerufen worden waren. Wir hatten herrliches Wetter. Der Spargel musste auf der Kommandantur abgeliefert werden. Unbemerkt schaffte ich Spargel heim, den meine Großmutter zubereitete. Ihr Arm machte ihr kaum noch zu schaffen, richtig zufassen aber konnte sie damit nie mehr. Im April hatten wir auch Kontakt mit unseren Nachbarn Siepelt und Weber vom Haidehof aufgenommen, die sich in Gennin nieder gelassen hatten. Von ihnen erfuhren wir auch, dass wir wahrscheinlich in Kürze nach Massin zurückkehren könnten. Die Rückkehr, so beschlossen es die Erwachsenen, sollte gemeinsam erfolgen.

Am 30. April 1945 war es dann soweit! Früh brachen wir mit Müllers auf, die nach Pyrehne zurückkehrten, während wir uns mit den Massinern in Gennin trafen, um von dort gemeinsam nach Massin zu ziehen. Vietz prangte im Fahnenschmuck. Der 1. Mai stand vor der Tür und das Kriegsende war abzusehen. In Vietz hatten sich schon die ersten Polen niedergelassen. Auf der Straße nach Massin zogen wir an einem parkenden Militärfahrzeug vorbei, auf dem russische Soldaten saßen, die Brote, dick mit Butter beschmiert, aßen. Uns lief das Wasser im Munde zusammen, hatten wir doch seit Mitte Februar keine Butter mehr gesehen. In geringer Distanz von ihnen hielten wir. Die Kinder wurden von den Erwachsenen gebeten, doch einmal nach „Chleb" zu fragen. Wir erhielten nicht nur Brot, sondern auch einen Batzen Butter. Unsere Freude war riesengroß!

Je näher wir unserem Heimatort kamen, desto mehr hob sich die Stimmung in unserem Treck. Frau X. war so ausgelassen, dass sie den polnischen Wachposten, die vor dem ehemaligen Forstamt in Massin standen, zuwinkte. Meine Mutter war darüber so entsetzt und fragte, ob sie für die Nacht Besuch haben wolle.

Auf dem Haidehof, den wir wenig später erreichten, empfing uns bereits Gustav Lohde vor seinem Gehöft und gab uns erste Hinweise. Er wies uns auf Unterstände im Wald hin, wo wir vielleicht unsere Möbel finden könnten, ebenso Fenster und Türen. Er brachte auch seine Freude über unsere Rückkehr zum Ausdruck. Von den Russen war er kommissarisch als Bürgermeister eingesetzt worden und war Tage zuvor über Beyersdorf zurückgekehrt, so dass er uns nicht über seinen Aufbruch hatte verständigen können. Der Haidehofweg machte einen recht guten Eindruck, war er doch durch die Russen planiert und beiderseits mit bunten Begrenzungspfählen versehen worden. Auf den Gehöften sah es allerdings weniger einladend aus. Meist fehlten Fenster und Türen, sowie das Mobiliar. Die Zäune fehlten ebenfalls, sie waren sicherlich verheizt worden. Die Gärten und Felder waren während unserer Abwesenheit durch die vielen Fahrzeuge regelrecht festgewalzt worden. Auf den Höfen befanden sich Löcher, die von Flakstellungen herrührten.

Voller Spannung betraten wir unser Gehöft. Es stand auch leer wie alle anderen. Hier bot sich uns das gleiche Bild. Ein großes Loch war auf dem Hof ausgehoben worden. Die Fenster, mit Ausnahme des Küchenfensters, waren aber noch vollzählig vorhanden, ebenso Türen und Fensterläden. Vom Mobiliar fehlte mehr als die Hälfte und das noch Vorhandene war demoliert. Weder Kochtöpfe noch Kleidungsstücke, Schuhe oder Bilder waren zu finden. Alles war weg! In der Wohnung meiner Großeltern sah es nicht anders aus. Es kostete viel Kraft und Nerven, diesen Anblick zu ertragen. Dennoch waren wir froh, wieder daheim zu sein.

Unsere Nachbarn, mit denen wir gekommen waren, hatten sich für den Abend angemeldet, um mit uns gemeinsam die Nacht zu verbringen, da wir genügend Platz in der Wohnstube hatten. Sie wollten in ihren Wohnungen, wo Fenster und Türen fehlten, noch nicht übernachten. Fast schon routinemäßig wurde auf dem Fußboden im Wohnzimmer ein Nachtlager aus Stroh, dass wir noch in der Scheune fanden, hergerichtet. Fensterläden und Türen wurden provisorisch verschlossen, d. h. von innen zugestellt. Wir hatten uns abgesondert und schliefen im Schlafzimmer, in dem noch ein Sofa stand, welches uns aber nicht gehörte. Etwa gegen Mitternacht wurde ich durch Geräusche und durch das Weinen von Inge X. aus dem Schlaf gerissen. Aus der Wohnstube, in der sich die Nachbarn aufhielten, drang schwach der Lichtschein einer Kerze zu uns ins Schlafzimmer. Jetzt fiel mir auch auf, dass meine Mutter nicht mehr im Raum war. Dann vernahm ich die Stimme von Frau X. „Nun genug, Kamerad, nun genug, Kamerad." Darauf antwortete eine Männerstimme: „Nix genug!" Nach geraumer Zeit hörte das Weinen auf und ich vernahm Schritte, die sich entfernten. Dann wurde die Haustür zugeschlagen.

Am anderen Morgen erfuhr ich nähere Einzelheiten. Kurz vor Mitternacht wurde an die Haustür geklopft und auf die Frage meiner zur Tür eilenden Mutter, wer da wohl sei, hieß es: „Patrouille!" Auf Anraten der Nachbarinnen öffnete meine Mutter die Haustür und wurde sofort am Arm gepackt. Sie riss sich jedoch los, rannte vom Wohn- ins Schlafzimmer und verschwand durch das Fenster nach draußen. Dort verständigte sie sofort ihre Mutter, die noch wach war und bat sie, Bürgermeister Lohde zu informieren. Dann versteckte sie sich im Gebälk der Scheune. Die Eindringlinge, es handelte sich um die Polen aus dem Forstamt, schossen noch etliche Male auf dem Hof in die Luft, suchten aber nicht weiter nach meiner Mutter. Sie vergewaltigten dann Frau X. in Gegenwart ihrer Kinder. Meine Großmutter war querfeldein zu Gustav Lohde gelaufen, um ihn zu verständigen. Ein großes Wagnis in der Dunkelheit! Er konnte uns jedoch in dieser Situation nicht helfen. Meine Großmutter kehrte erst am anderen Morgen von Lohdes zurück, er hatte sie nicht eher gehen lassen, bevor es hell geworden war. Auch meine Mutter war inzwischen zurück. Die Familien aus der Nachbarschaft kehrten auf ihre Grundstücke zurück, um sich wieder wohnlich einzurichten. Die Ereignisse der vergangenen Nacht hatten alle sehr mitgenommen.

Die nächsten Tage und Wochen waren für jeden Massiner mit Aufräumungs- und Instandsetzungsarbeiten ausgefüllt. Fehlende Türen und Fenster waren im Wald nordwestlich vom Haidehof, also hinter dem Schoberplatz, gefunden worden. Dort hatten die Russen im Wald eine Vielzahl an Unterstände angelegt, wozu sie Türen, Fenster, Mobiliar, Bretter und Balken aus den Massiner Grundstücken benutzt hatten. Wir besorgten uns erst einmal ein passendes Küchenfenster, später folgten die anderen Einrichtungsgegenstände.

Mitte Mai 1945 wurden die arbeitsfähigen Massiner zu Aufräumungs- und Feldarbeiten im Ort zusammen getrommelt. Da es keine Uhren gab, wurde zu Arbeitsbeginn und -ende

die Glocke geläutet. Die Arbeiten mussten unentgeltlich durchgeführt werden, später gab es hin und wieder halbvergammeltes Pferdefleisch. Jeder musste zusehen, wie er am besten Überleben konnte, deshalb war es selbstverständlich, dass man sich gegenseitig half. Anfang Juni erkrankte ich an Ruhr und lag auf Leben und Tod. Der Leinsamen, den ich noch von Loppow mitgebracht hatte und den ich zu mir nahm, rettete mir wahrscheinlich das Leben, denn ärztliche Hilfe gab es nur für Auserwählte.
Es kam der 20. Juni 1945! Mir ging es wieder gut. Meine Mutter war an diesem Tage daheim geblieben, um die angesammelte Wäsche zu waschen. Die Russen hatten den Frauen dafür einen Tag im Monat bewilligt. Meine Großmutter hatte sich zu Fuß nach Vietz aufgemacht. Sie wollte einen polnischen Arzt konsultieren, der sich dort nieder gelassen hatte. Meine Mutter hatte ihr Waschfass, es war ein herrlicher Sonnentag, vor der Scheune aufgestellt und war emsig am Waschen. Zu Mittag hatte es Graupensuppe gegeben. Einen Teil hatte sie für meine Großmutter beiseite gestellt. Plötzlich kam ein Zivilist um die Hausecke auf uns zu und fragte nach etwas Essbarem. Meine Mutter hatte Mitleid mit ihm und gab ihm die Suppe, die für die Großmutter bestimmt war. Während des Essens erzählte er nebenbei, dass er ein versprengter Soldat sei und nun versuche, sich nach Westen durchzuschlagen. Er erkundigte sich nach dem günstigsten Weg über die Oder. Während meine Mutter ihm versuchte den Weg zu erklären, sprang er plötzlich auf und

verschwand hinter der Scheunenecke im angrenzenden Kornfeld. Beim Aufspringen hatte er nur noch „Russen!“ gesagt. Und richtig, von der anderen Hofseite, wir hatten drei Zugänge, waren vier Russen auf unser Gehöft gekommen. Diese kehrten sofort um und versuchten, ihm den Weg abzuschneiden. Dabei schossen sie wie wild in das Kornfeld, kamen dann aber unverrichteter Dinge zurück, um unsere Wohnung zu durchsuchen. Sicherlich nahmen sie an, er hielte sich noch irgendwo versteckt. Da die Suche natürlich ergebnislos verlief, wollten sie von uns wissen, wo wir den Mann versteckt hätten. Um nicht den Russen allein ausgeliefert zu sein, bat mich meine Mutter, doch den Großvater, der sich in seiner Wohnung auf der Rückseite des Hauses aufhielt, zu holen. Als ich jedoch um die Hausecke lief, stieß ich auf den dort stehenden Wachposten, der mir sofort einen Tritt versetzte, so dass ich stürzte. Dann richtete er seinen Trommelrevolver auf mich und drückte ab. Es löste sich aber kein Schuss, er hatte die Munition sicherlich zuvor verschossen und wollte mir nur Angst einjagen. In diesem Augenblick kamen die anderen Russen vom Hof um die Hausecke, schrieen ihn an und er ließ von mir ab. Ich stand auf und im selben Augenblick bog mein Großvater um die Hausecke, so, als ob er das Unheil schon geahnt hätte. Die Russen führten ihn auf den Hof, wo er sich in geringer Entfernung von ihnen hinstellen musste. Dann richteten sie ihre Pistolen auf ihn und schrieen ihn an. Er verstand natürlich nichts und konnte auch nicht wissen, worum es eigentlich ging.

Als sie einfach nicht von ihm abließen, riss er sein Hemd vor der Brust auf und rief: „Erschießt mich doch endlich!“ Inzwischen war ein Russe auf eine Stahlkassette aufmerksam geworden, die in der Nähe des Waschfasses lag. In ihr befand sich eine Schreckschusspistole, die ich in den Bunkern gefunden hatte. Da er vergeblich versuchte sie zu öffnen, gab er endlich auf. Das war unser Glück. Es ist nicht vorstellbar, wenn sie die Pistole gefunden hätten, was mit uns passiert wäre.

Da die Russen auch von meinem Großvater nichts über den Verbleib des Mannes erfuhren, gaben sie uns zu verstehen, dass wir mitkommen sollten. Sie trieben uns zu dritt vom Hof in Richtung Wald. Im Wald, in der Nähe der Neudammer Straße, mussten wir uns auf den Rand einer Sandgrube stellen. Meine Mutter sollte nun, den Tod vor Augen, zugeben, dass es ihr Mann gewesen sei. Als sie es verneinte, legten sie auf uns an. Sie schossen aber nicht, sondern trieben uns weiter zu einem LKW, der am Straßenrand stand. Wir mussten aufsteigen und man fuhr mit uns ins Dorf zur russischen Kommandantur, die bei Rolls eingerichtet war. Auf der Fahrt ins Dorf fuchtelten sie laufend mit ihren Pistolen an unseren Köpfen herum und wir kamen uns wie Schwerverbrecher vor. Bei Rolls wurden wir in den linken Raum geführt, in dem sich mehrere junge Offiziere aufhielten. Es begann ein langes Verhör, bei dem meine Mutter mehrfach geschlagen wurde. Sie wollten von ihr nur hören, dass der Geflohene ihr Mann gewesen sei, der an der Ostfront gegen sie gekämpft habe. Als wir immer wieder die Fragen verneinten, schlugen sie erneut auf uns ein und schlossen uns schließlich im Keller unter dem Saal ein. Auf verfaultem Heu und bei einer verrosteten Büchse Wasser und etwas Brot, das uns abends ein russischer Soldat heimlich durch das Fenster reichte, mussten wir hier nun ausharren. Was hatte man mit uns vor? Wollte man uns umbringen, falls sie den Zivilisten nicht fanden? Diese Frage quälte uns die ganze Zeit über. Wir konnten zu diesem Zeitpunkt allerdings nicht wissen, dass sich Gustav Lohde für uns vehement einsetzte und den Russen versuchte klarzumachen, dass wir unschuldig seien und man uns doch die Freiheit geben sollten. Doch die Russen ließen sich zunächst nicht beeinflussen und versuchten mit allen Mitteln ein Geständnis zu erzwingen. Nach Mitternacht muss es gewesen sein, ich war trotz der Aufregung eingeschlafen, als ich durch die Stimme meines Großvaters wach wurde. Ich hörte ihn irgendwo auf dem Hof oder im Garten sprechen: „Ich habe die Wahrheit gesagt und mehr kann ich nicht sagen!“ Dann fielen einige Schüsse und wir hörten Schritte, die sich zunächst entfernten, dann aber wieder näher kamen. Wenig später rasselte das Schloss von unserer Kellertür und wir wurden bei Vollmond auf einen Kartoffelacker hinter Rolls oder Strunks Gehöft getrieben. Dort musste sich meine Mutter wenige Meter vor dem jungen Offizier, der das Verhör schon am Nachmittag geführt hatte, aufstellen. Ein anwesender Dolmetscher übernahm die Übersetzung. Das Verhör begann nun wieder von Neuem, wieder sollte sie zugeben, dass es ihr Mann gewesen sei. Jedes Mal, wenn sie die Frage verneinte, wurde sie geschlagen und getreten. Dann hielt man die Pistole in die Nähe ihres Ohres und drückte ab. Als sie aufschrie, stieß man sie zu Boden und schlug ihr einige Zähne aus. Mir sagte man, sie würden sie erschießen, falls sie nicht die Wahrheit sage. Als ich entgegnete, dass sie die Wahrheit gesagt hätte, bekam ich noch einen derben Tritt. Dann ließ man von uns ab und der Dolmetscher brachte uns in den Keller zurück.

Die nächsten zwei Tage verbrachten wir weiter in dem stinkigen Keller, während draußen die Sonne schien und die Vögel so herrlich jubilierten. Ich stand nur am Kellerfenster und schaute voller Wehmut nach draußen und die Tränen rollten nur so herunter. Unsere Nachbarstochter, Charlotte Siepelt, hatte durch Gustav Lohde von unserem Schicksal erfahren und reichte uns in einem unbewachten Augenblick einige Schmalzstullen durch das vergitterte Fenster. Das war ein Genuss. In Gedanken schmecken sie mir noch heute! Abends kam der russische Soldat wieder und versorgte uns mit etwas Brot und Wasser und ließ uns auch ganz kurz hinaus auf den Hof. Ihm standen jedes Mal die Tränen in den Augen, wenn er uns sah, so nahm er Anteil an unserem Schicksal. Am Mittag des dritten Tages rasselte wieder der Schlüssel im Schloss und der Dolmetscher erschien im Kellereingang und rief: „Dawai, nach Hause!“ So schnell habe ich noch nie einen Keller verlassen. Ich rannte über den Hof auf die Straße, meine Mutter konnte gar nicht so schnell folgen. Dort erblickte ich meinen Großvater in Höhe von Schöns Gaststätte. Man hatte ihn also doch nicht erschossen, wenn auch alles daraufhin gedeutet hatte. Vor Freude lief ich zu ihm und fiel ihm um den Hals.

Von Woche zu Woche erschienen jetzt vermehrt polnische Bürger. Sie kamen mit wenigem Gepäck, das sie entweder auf einem Karren mit sich führten oder nur als Handgepäck bei sich hatten. Sie suchten sich die besten Häuser aus, die sie dann bezogen. Die Deutschen durften zunächst bleiben, so ist es mir jedenfalls vom Haidehof in Erinnerung. In die Wohnung meiner Großeltern zogen zwei polnische Frauen mit Kindern ein und meine Großeltern zogen zu uns ins Vorderhaus. Es waren recht angenehme Leute, vom Krieg gezeichnet. Sie hatten noch weniger Habe als wir. In der folgenden Zeit kam es seitens der Polen vermehrt zu Übergriffen. Sie drangen in die Häuser ein und nahmen den Deutschen das Wenige, was sie noch hatten, weg. Auch Gewalttaten waren keine Seltenheit. Auch bei uns stiegen sie am Tage ein, während wir vom Garten aus untätig zusehen mussten, wie sie mit dem Beutegut abzogen.

Die arbeitsfähigen Massiner Bürger waren zwischen Russen und Polen aufgeteilt worden, um die anstehenden Arbeiten durchzuführen. Meine Mutter wurde zum „Glück“ den Russen zugeteilt, denn diejenigen, die bei den Polen arbeiten mussten, hatten es wesentlich schlechter. Die Getreide- und Kartoffelernte wollten unbedingt die Russen für sich noch verlustlos einbringen und dazu waren alle Kräfte ge-

fragt. Nichts wollten sie den Polen überlassen. Sie hatten zuvor auch sämtliche landwirtschaftliche Geräte abtransportiert. Unsere neue Dreschmaschine, die mit gusseisernen Rädern versehen war und aus Hohenwalde stammte, befestigten sie hinter einem LKW. Bis zur Straße ging das noch gut, als jedoch das erste Pflaster kam, brachen natürlich die Räder und die Maschine landete im Straßengraben. Dort blieb sie aber nicht lange liegen.
Auch die Radioapparate, sofern noch welche vorhanden waren, mussten abgeliefert werden. Auf Zuwiderhandlungen stand die Todesstrafe. Es konnte sowieso niemand mit den Apparaten etwas anfangen, da die Stromversorgung von Finkenherd bei Frankfurt/0. seit Ende Januar nicht mehr funktionierte. Auch auf den Besitz von Fotoapparaten stand die Todesstrafe, doch wer besaß noch einen?
Wir Kinder sahen das ganze Geschehen als nicht so tragisch an. Zur Schule brauchten wir nicht, drum tummelten wir uns in den Wäldern und durchstreiften die Bunker nach Brauchbarem. Hin und wieder wurden wir fündig und freuten uns darüber. Mein Schulfreund Rudi Krüger machte eines Tages ein kleines Fass ausfindig, in dem sich noch etwas Schnaps befand. Wir probierten ihn und er schmeckte immer besser, bis wir genug davon hatten. Stunden später bin ich dann erst wieder zu mir gekommen.
Nachdem ich meinen ersten Rausch überstanden hatte, informierte ich sofort meinen Großvater über unseren Fund. Er versah sich sogleich mit einer großen Flasche und folgte

mir, um den „wertvollen“ Inhalt in Sicherheit zu bringen. Doch leider war das Fass schon leer. Er konnte nur noch am Geruch feststellen, dass ich ihn nicht belogen hatte. Auch später konnte ich mir das Verschwinden des Inhalts einfach nicht erklären, denn wir konnten unmöglich so viel getrunken haben. Erst nach über 50 Jahren erfuhr ich von meinem ehemaligen Schulfreund, dass er selbst den Inhalt des Fasses noch vor unserem Erscheinen in Flaschen gefüllt hatte.

Ein kriegsversehrter Pole (beinamputiert) war bei unserer Nachbarin Siepelt eingezogen. Er begann sofort, das Dach des Wohnhauses in Ordnung zu bringen. Er ersetzte die Ziegel, die durch die Munitionssprengungen der Russen vom Dach gefallen waren. Fast jeden Tag, etwa gegen 17.00 Uhr, begann die Erde zu zittern. Ein riesiger Feuerball stieg über dem Wald empor und dann vernahmen wir eine gewaltige Detonation, die derartig heftig war, dass selbst Fensterscheiben zersprangen. Etwa ein Kilometer nördlich des Haidehofes wurden auf einem Kahlschlag im Wald Granaten, Bomben und Munition gesprengt.

Pferde, Kühe, Schweine und Hühner gab es im ganzen Ort nicht mehr. Einige Hunde und Katzen trieben sich in den Wäldern umher, sie waren jedoch scheu geworden und mieden uns. Hin und wieder vernahmen wir Hundegebell im Wald, bekamen aber nie einen zu Gesicht. Es war ein beklemmendes Gefühl. Mittlerweile war durchgesickert, dass wir im Herbst für immer unsere Heimat verlassen müssten. Darum unterließen wir es, weitere Reparaturen durchzuführen. Auch das große Loch im Scheunendach, von einem Aussichtspunkt herrührend, beseitigten wir nicht mehr. Wir begannen jetzt Geschirr zu vergraben, da wir nicht alles mitnehmen konnten. Dazu gehörten auch Kochtöpfe, die wir uns aus den Bunkern geholt hatten, weil in uns doch noch die Hoffnung keimte, wir würden eines Tages zurückkehren.

Aus Sicherheitsgründen, die Überfälle durch die Polen mehrten sich, mussten die Deutschen, die bei den Russen arbeiteten, mit ihren Angehörigen, in die Häuser nahe der Kommandantur (Rolls Gaststätte) ziehen. Außerdem hatten sich die Spannungen zwischen Russen und Polen derartig verschärft, dass sie oft mit der Pistole in der Hand sich gegenüber standen.

Wir hatten die Wohnung von Richard Weber bezogen. Von hier aus wurden die Frauen zur Einbringung der Ernte nicht nur in Massin, sondern auch auf den Feldern der umliegenden Ortschaften eingesetzt. Die Ortschaften waren meist schon von ihren Bewohnern verlassen worden.

Die Massiner, die den Polen zugeteilt waren, mussten im August den Ort in Richtung Westen verlassen. Sie hatten sich dazu auf dem Schulhof im Dorfe mit ihrem Gepäck einzufinden, wo sie allesamt ausgeplündert wurden und kaum etwas mitnehmen konnten. Danach schlugen sie ihren Weg über die Oder ein. Für die Verbliebenen war der 2. Oktober als Tag der Ausreise von den Russen festgelegt worden.

Am Morgen des 2. Oktobers fanden wir uns alle auf dem Hof der ehemaligen Gaststätte Roll ein. Gustav Lohde hielt eine kurze Ansprache. Er teilte uns in bewegten Worten mit, dass wir nun wohl für immer unser geliebtes Massin verlassen müssten, um uns in der Fremde eine neue Heimat zu suchen. Er meinte, ein Massin gäbe es in Zukunft nicht mehr, es hätte mit unserer Vertreibung aufgehört zu existieren.
Die Russen stellten uns ihre Gespanne zur Verfügung, auf denen unsere letzten Habseligkeiten verluden. Wir hielten uns an Gustav Lohde, da ihm die Russen versichert hatten, dass er die Pferde behalten können. Unseren Handwagen und den zweirädigen Karren (aus Pflugrädern hergestellt) hatten wir hinten am Gespann befestigt. Einem Trauerzug ähnlich, verließen wir unseren Heimatort, von russischen Wachposten eskortiert. Sie hielten die Polen von uns fern. In den späten Nachmittagstunden erreichten wir Manschnow. Vor dem Ort war man dabei, ein großes Massengrab auszuheben, in dem die vor Hunger und Entkräftung Verstorbenen bestattet wurden. Ein furchtbarer Anblick für uns alle. Im Gutshof von Manschnow bezogen wir Quartier, obwohl kaum noch Platz vorhanden war. Es war alles überfüllt durch die vielen Flüchtlinge. Wir blieben bei Familie Lohde, um mit ihnen am nächsten Tag weiter zu ziehen. Gustav Lohde hatte sich im Stall bei den Pferden niedergelegt. Jedoch nützte ihm das wenig, denn die Russen holten nachts die Pferde, die er behalten sollte, aus dem Stall und nahmen sie mit zurück nach Massin. Das wollte sich Gustav Lohde nicht

bieten lassen. Er baute auf das Versprechen des Kommandanten und ging daher kurzerhand mit den Russen zurück. Wir warteten nun vergeblich auf seine Rückkehr, er wurde dort wohl mehrere Tage im Keller eingesperrt. Da wir nicht länger in Manschnow bleiben konnten, machte Alice Lohde, seine Tochter, einen Einheimischen ausfindig, der Pferde besaß. Gegen ein Entgelt von 100.- M ließen wir den Wagen bis nach Seelow ziehen. In einer Scheune fanden wir Unterschlupf. Wir trennten uns dann aber nach einigen Tagen von Lohdes, weil wir nicht länger warten wollten und zogen mit unserem Handwagen und dem Karren weiter in Richtung Berlin. Zuvor hatte meine Mutter in Seelow den dort eingesetzten Landrat aufgesucht, um ein Zimmer für uns zu erbitten. Wir wurden von ihm aber schnöde abgewiesen und noch als Kriegsverbrecher bezeichnet, die durch die Ausweisung ihre gerechte Strafe bekommen hätten.

In Jahnsfelde kamen wir nach langem Betteln in einer Scheune unter. Der Eigentümer gab uns aber gleich zu verstehen, dass er, wenn wir am nächsten Tag nicht beizeiten die Scheune verließen, uns mit den Hunden vom Hof jagen würde. So benahmen sich unsere eigenen Landsleute uns gegenüber.

Über Heinersdorf, Müncheberg und Straußberg, wo wir noch einige Tage in der Aula des Gymnasiums unterkamen, gelangten wir schließlich nach Prötzel. Im überfüllten Schloss fanden wir nur noch im „Badezimmer" Platz, welches sich natürlich in einem katastrophalen Zustand befand. Stunden wurden benötigt, um alles sauber zu bekommen. Da die Spülung der Toiletten nicht mehr funktionierte, gingen alle in den Park und erledigten dort ihr Geschäft. Tagsüber stoppelten wir Kartoffeln und sammelten Holz. Die Feuerstelle wurde vor dem Schloss angelegt. Es waren natürlich unzählige Feuerstellen, entsprechend der Anzahl der Familien. Grundsätzlich gab es jeden Abend Pellkartoffeln mit Salz. Am Tage bekamen wir hin und wieder etwas Brot, was aber kaum genießbar war. Mein Großvater konnte uns kaum unterstützen, da er ein offenes Bein hatte und sehr unter den Schmerzen litt.

Von Prötzel aus versuchte meine Mutter zu ihrer Tante, die in Berlin ansässig war, Kontakt aufzunehmen. Die Züge fuhren wieder und daher lag es nahe mit dem Zug nach Berlin-Altglienicke zu fahren. Die Freude über das Wiedersehen war natürlich groß, wurde aber stark getrübt, da von meinem Vater und auch von meinem Bruder keine Nachrichten vorlagen. Jedoch hatten sich Schwester und Schwager meiner Mutter gemeldet, sie waren in Born in der Nähe von Magdeburg untergekommen und erwarteten über Berlin eine Nachricht von uns. So war man während des Krieges noch verblieben.

Wenige Tage danach, wir waren wieder nach Prötzel zurückgekehrt, tauchten Onkel und Tante aus Born auf, um uns von dem Lagerelend zu erlösen. Zunächst wurde ich allein mitgenommen und fand in Born bei Familie Brandt, die mich nach den monatelangen Entbehrungen sehr verwöhnten, ein Unterkommen. Anschließend fuhren Onkel und Tante zurück und holten meine Mutter und die Großeltern.

Mein Großvater musste wegen des offenen Beines und weil sein Zustand sich verschlechtert hatte, bei Gardelegen in ein Krankenhaus eingewiesen werden. Er starb wenige Tage später. Nach kurzem Aufenthalt in Letzlingen zogen wir nach Born zur Familie H. Hötling.

Born, in der sowjetischen Besatzungszone und wie Massin, mitten im Wald gelegen, wurde meine neue Heimat. Schnell hatte ich mich dort eingelebt, nahm den Schulunterricht wieder auf und konnte nach Beendigung der Grundschule in Weferlingen die Oberschule besuchen. Meine Mutter wurde in Born von Revierförster H. Gassner, der sich sehr für uns einsetzte, als Waldarbeiterin eingestellt. Vom Staat erhielt sie keinen Pfennig für den Verlust ihrer Heimat und ihres Eigentums. Ohne jegliche Unterstützung musste sie sich eine neue Existenz aufbauen. Der geringe Lohn, den sie anfangs erhielt, er verbesserte sich auch später nicht wesentlich, musste ausreichen, um mit uns „über die Runden" zu kommen. Diese Arbeit verrichtete sie bis zu ihren 63. Lebensjahr, erst dann konnte sie mit einer äußerst geringen Rente in den Ruhestand gehen.

Mein Vater ist in Russland 1945 umgekommen. Mein Bruder gilt immer noch als vermisst. Von den 22 verschleppten Massiner Männern hat nur einer die Entbehrungen und Misshandlungen überlebt.

Meine Mutter starb 1990 im Alter von 89 Jahren. Sie hatte bis zum Schluss auf die Rückkehr ihres Sohnes Heinz gehofft.

Eine Bilanz des Grauens!

Einwohnerzahl von Massin 1939 = 406

1. Massiner Bürger, die 1939 - 1945 im Kriege gefallen oder als vermisst gemeldet wurden:

Steinborn, Reinhold
Keßler, Alfred
Marquard, Karl
Müller, Richard
Jumtow, Willi
Streich Arnold
Steinborn, Werner
Steinborn, Hans
Müller, Günter
Begerow, Kurt
Begerow, Bruno
Hammel, Otto
Hammel, Fritz
Hanf, Ewald
Hanf, Arno
Hannebohn, Erich
Thiele, Emil
Lange, Heinz
Lohde, Walter
Sasse, Paul

Kuke, Richard
Bengsch, Walter
Rohde, Werner
Jahn, Werner
Krüger, Otto

2. Massiner Bürger, die sich beim Einmarsch der Russen das Leben nahmen:

Keßler, Anna
Ihlow, Anna
Sasse, Frieda
Pade, Kurt und Mathilde
Zischow, Adolf mit Frau und Kindern

3. Massiner Bürger, die von den Russen erschossen wurden:

Strunk, Hildegard
Hammel, Paul
Liebner, Paul
Müller, Ernst
Prochnow, Ernst
Raaabe , Ernst
Weber, Gustav
Steinbock, Ernst

4. Massiner Bürger, die infolge fehlender medizinischer Hilfe 1945 in Massin oder auf der Flucht verstorben sind:

Lohde, Hedwig
Buchholz, Martha
Siepelt, Charlotte
Müller, Marie
Strunk, Franz
Zillat, Paul

5. Massiner Bürger, die im Februar 1945 oder später durch die Russen verschleppt wurden und als vermisst gelten bzw. in Russland umgekommen sind:

Arp, Rudolf
Raabe, Arthur
Hoffmann, Franz
Hoffmann, Otto
Blumberg, Friedrich
König, Bernhard
Kuke, Heinz
Kuke, Herbert
Damm, Wilhelm
Brauer, Paul
Lange, Bernhard
Hagen,Paul
Steinbock ,Richard

Leese, Erwin

Kuke, Erich

Hanf, Wilhelm

Brauer, Paul

Schmidt, Johannes

Steinborn, Rudolf

Steinborn Richard

Riemer, Otto

Marquard, Fritz

Russeneinmarsch 1945 in den Kreis Landsberg/W. - Ostbrandenburg

Nach über 55 Jahren ist es mehr als überfällig, den Einmarsch der Russen in die Dörfer und Städte Ostbrandenburgs, speziell in den Kreis Landsberg/W. zu rekonstruieren, zumal etliche widersprüchliche Meinungen und Angaben dazu bestehen. Den meisten Bewohnern sind die damaligen Ereignisse mit all ihren Schrecken und Demütigungen so in das Bewusstsein eingebrannt, dass sie noch jetzt exakte Angaben machen konnten.

Bei den folgenden Angaben werden nach den Zeit- und Ortsangaben die Augenzeugen oder die der Angehörigen namentlich wiedergegeben. Daneben wurden weitere Quellen herangezogen, und zwar "Die Vertreibung der deutschen Bevölkerung aus den Gebieten östlich der Oder-Neiße" (DdV), die Landsberger Buchreihe von H. Beske und E. Handke (L/W.), Landsberger Heimatblätter (HB), Vietzer Anzeiger (VA), Küstrin 1945 von H. Thrams und die Dokumentation über Marienspring (M.).

29.01. Friedeberg, gegen 22.00 Uhr (Manfred Prillwitz)
29.01. Altenfließ (Jochen March)
29.01. Morrn, abends bzw. am 30.01. gegen 10.00 Uhr (L/W.)
29.01. Berlinchen, gegen 24.00 Uhr (DdV),andere am 01.02.45

30.01. Stolzenberg, 3.30 Uhr (L/W.)

30.01. Berkenwerder, nachts (L/W.)

30.01. Lorensdorf (?)

30.01. Merzdorf, morgens (L/W.)

30.01. Eutam, zwischen 6.00 u. 9.00 Uhr (Frau I. Hofmann geb. Becker)

30.01. Zantoch, vormittags (L/W.)

30.01. Marwitz, etwa gegen 16.00 Uhr, von Zanzin kommend mit Panjewagen (Frau Marianne Wendland geb. Löffler)

30.01. Jahnsfelde, in den Mittagsstunden (L/W.), 29./30.01. (HB)

30.01. Lotzen, mittags (Frau G. Bürger geb. Hadan)

30.01. Zanshausen, gegen 13.30 Uhr (Frau M. Kemena geb. Finge)

30.01. Wormsfelde, 11.00 Uhr (HB - Renate Pietruck geb. Dowidat)

30.01. Zanzin, gegen 15.30 Uhr (L/W.)

30.01. Gralow (L/IW.), zwischen 10.00 u. 11.00 Uhr (Frau U. Domack)

30.01. Rohrbruch, um 18.30 Uhr (Manfred Prillwitz)

30.01. Bergkolonie, abends (G. Genge)

30.01. Försterei Pulzbrück (Jochen March)

30.01. Hohenwalde, etwa gegen 19.30 (Frau Eva-Maria Käsch)

30.01. Landsberg, zwischen 17.00 und 19.00 Uhr in der Brückenvorstadt (Frau Sperschneider geb. Köpp)

30.01. Landsberg, Krankenhaus um 20.45 Uhr (Willy Fischer)

30.01. Landsberg, gegen 23.00 Uhr (Frau Heyer)

30.01. Landsberg, Russen von Schwerin kommend (G. Kunkel)

30.01. Landsberg Brückenvorstadt (Frau Blechschmidt)

30.01./31.01. Landsberg, Brahtzallee - Richtung Soldiner Str. (H. Jannaschk)

30.01. Landsberg, Küstriner Str. (nach 21.00 Uhr (Dr. Gillert)

30.01. Ludwigsruh, einzelne Russen schon am Tage (Frau E. Goldschmidt)

30.01. Ludwigsruh, vermutlich kurz vor Mitternacht (Karl Lage)

31.01 Ludwigsruh, gegen 10.00 Uhr (Frau Frieda Grothe geb. Kluge)

31.01. Schönewald (HB)

31.01 Massin, gegen 1.00 Uhr (Reinhard Zäpernick), von Tornow kommend, keine motorisierte Einheit sondern Panjewagen, in Richtung Neudamm (Rudi Kuke). In der Dunkelheit vor Schöne´s Gaststätte in Ortsmitte, die ersten Erschießungen im Ort (Frau Gerti Schöne).

In den späten Vormittagsstunden vor Rolls Gaststätte (Frau Ilse Schütze geb. Roll)

31.01. Ludwigsruh, vormittags auf Panjewagen, wohl von Tornow kommend (Friedrich Fröhlich)

31.01. Pollychen, vormittags (HB - Frau B. Unverzagt geb. Kugas)

31.01. Wepritz oder Loppow, zwischen 8.00 und 9.00 Uhr (Herr H. Stroo, Nederland)

31.01. Beyersdorf, gegen 10.00 Uhr (HB - G. Staberock)

31.01. Ludwigsruh, gegen 6.00 Uhr einzelne Russen (Frau L. Giebler geb. Wolf)

31.01. Ludwigsruh, vormittags auf Panjewagen, wohl von Tornow kommend (Friedrich Fröhlich)

31.01. Fichtwerder (L/W.)

31.01. Briesenhorst, nachmittags (Frau Charlotte Marquardt geb. Raesch)

31.01. Briesenhorst, am Nachmittag (Karl-Heinz Thewis)

31.01. Kernein, vormittags, Russen kamen von Schwerin/ W. (L/W.)

31.01. Ratzdorf um 10.30 Uhr (Emil Hapke)

01.01. Gegen 14.00 Uhr Panzer in Neumühle in Richtung Drewitz- Küstrin (Küstrin 1945 von H. Thrams)

01.01. Bürgerbruch, zwischen 8.00 und 9.00 Uhr von Altensorge kommend (Günter Kluge)

31.01 Landsberger Holländer,gegen 16.30 Uhr (Willi Klietmann)

31.01 Güstebiese (Hofrat Staercke, DdV)

31.01. Bärfelde, zw. 14.30 u. 15.00 Uhr (Hans Rünger, DdV)

31.01. 20 Km nördlich von Küstrin überqueren die Russen die Oder

31.01 Landsberg wurde in der Nacht vom 31.01. zum 01.02. aufgegeben!

31.01. Berneuchen, um 13.00 Uhr (zwischen Neudamm u. Zicher, L/W.)

01.01. Um 16.00 Uhr hatten die Russen Dühringshof noch nicht erreicht (Manfred Harder)

31.01./01.02. Balz, die ersten Russen wurden bereits am 31.01. in den späten Abendstunden am Waldrand gesehen. Am 01.02. klopften sie bei uns um 5.00 Uhr an die Haustür (Frau J. Dickhoff geb. Conrad)

01.02. Marienspring, 0.30 Uhr (Jochen March)

01.02. Russen ziehen nachts (nach Mitternacht) durch Balz (Frau G. Schmöckel)

01.02. Vietz, morgens (Frau G. Texter)

01.02. Vietz von Russen eingenommen, Nacht vom 30./31. 01. die ersten Russen in der Neudammer Str. gesehen (VA). Nach H. Thrams soll sich am 02. 02 noch die Division Woldenberg noch bei Vietz versammelt haben.

01.02. Ludwigshorst vom Wepritzer Bruch aus (L/W.)

01.02. Kurzig bei Meseritz, mittags (Friedrich Paetzold, DdV)

01.02 Drossen, am Zeuschsee um 12.00 Uhr (Frau Editha Müller)

02.02. Cocceji-Neudorf, gegen 10.00 Uhr. Von Gerlachstal kommend und fuhren vor Blumenthal am Sommergraben entlang Richtung Unter-Gennin (Ewald

Hanff) Cocceji, 2 unbewaffnete Russen schon am 29.01. (?) auf dem elterlichen Hof (Frau Johanna Naumann)

02.02. Sonnenburg, wurde morgens erreicht (H. Thrams)

02.02. Obergennin (Manfred Harder)

04.02. Försterei Mollberg (Jochen March)

Diese Angaben bestätigen, dass der Russe nicht auf der Reichsstraße 1 von Landsberg über Vietz nach Küstrin vorgedrungen ist, sondern zunächst Landsberg umgangen hat. Darauf wird auch in der Buchreihe „Landsberg/W." sehr richtig hingewiesen. Herr Prillwitz aus Klütz schickte mir u. a. einen Auszug aus dem Buch von Generalleutnant Bokow „Frühjahr des Sieges und der Befreiung", zu. Dort heißt es auf Seite 84: „... Oberst Jessipenko entschloß sich, in der Nacht (30.01.) Landsberg im Norden zu umgehen und weiter in Richtung Hohenwalde (Wysoko) - Neudamm (Debno) - Kienitz vorzustoßen." Das bestätigen auch die vorliegenden Angaben. Damit sind auch die Aussagen einiger Heimatfreunde, die Russen wären über Vietz nach Massin vorgedrungen, widerlegt. Leider ließ sich ihr genaues Vordringen im Warthebruch aufgrund der wenigen Angaben nicht rekonstruieren.

mein Bruder Heinz Kuke,
Massin 1942

die Eltern
Herbert und Emma Kuke,
Massin 1926